胡燕青 著

鮑國鴻、林惠娟 編

一路走來

胡燕青散文選

②

匯智出版

責任編輯：羅國洪
封面設計：洪清淇

一路走來──胡燕青散文選 2

作　　者：胡燕青

編　　者：鮑國鴻　林惠娟

出　　版：匯智出版有限公司
　　　　　香港九龍尖沙咀赫德道2A首邦行8樓803室
　　　　　電話：2390 0605　　傳真：2142 3161
　　　　　網址：http://www.ip.com.hk

發　　行：聯合新零售（香港）有限公司
　　　　　香港新界荃灣德士古道 220-248 號荃灣工業中心 16 樓
　　　　　電話：2150 2100　　傳真：2407 3062

印　　刷：陽光（彩美）印刷有限公司

版　　次：2024 年 6 月初版
　　　　　2024 年 7 月修訂第二版

國際書號：978-988-70506-4-3

目錄

腳蹤——前言

鮑國鴻、林惠娟

「一路走來」，是選集第一篇的題目，也是胡老師親自敲定的書名。書名看似平凡，但內容卻是很有分量的，它呈現了胡老師一路走來的腳蹤。與去年出版的《杯子與茶包——胡燕青散文選》結合起來閱讀，腳蹤就更是明晰。從選輯《杯子與茶包》到《一路走來》，編者反覆細讀胡老師每一本散文集，討論選文的取捨，又多次與她茶聊飯敘，深入了解某些作品的創作背景和意義，聽取她對選文的看法，一路走來，就更期望讀者可以自她的腳蹤得到啟發。

全書分為四輯，收錄二十四篇散文，每輯以其中一篇的題目為名，顧名而大約可以推知該輯的主題。

第一輯「一路走來」是一台走馬燈，在歲月的光影中，投映的既是人生階段的成長，也是身分角色的轉變。〈一路走來〉和〈母親河〉分別以交通工具和河流為線索回顧成長的歷程。〈獎品〉聚焦小學一次領獎情

事，突出一個長洲小女孩的怯弱徬徨。小女孩轉眼「不再少女」，這頭在峨嵋山跑跳，那頭就發現懷孕，成為人母；為照顧患病的孩子煮粥，發出「白米隨想」。又在不知不覺間「入伍」，併入老年的隊列，切身體會「老人」的困境。雖然胡老師歎息「從童年遷移到退休的歲月，我由學生的慌張遷移到老師的不逮，我自身為女兒的不孝遷移到做母親的擔憂——我總是尚未適應某種年齡的角色，就得離開了，當中也只有湍湍急流，沒有安寧」（〈母親河〉），但她一路走來，不論對香港這塊土地、對父母師長、丈夫兒女，乃至各種人生際遇都懷着感恩的心。結合《杯子與茶包》中「師恩」和「成長」兩輯閱讀，當對胡老師一路走來的歷程和感受，有更豐富的了解。

第二輯「花布傳奇」是一幀家庭照。〈花布傳奇〉呈現胡老師小時候初來香港，與祖父輩生活共處的畫面。〈雙層床〉、〈閒話針線〉和〈蝦子香〉從父母兩地分隔，寫到一家團聚，最後生死別離。一路走來，家庭的腳蹤並非坦途，所經歷的多是離散徬徨，貧苦困頓，但憑藉愛與自省，逆境中總能自強，就算有裂痕也可以修補。（至於子女，《杯子與茶包》中「家庭」一輯選錄了三篇有關的作品，可以參閱。）〈四個小朋友〉和〈看着

小貓老去〉是姊妹篇，以四隻外貌脾性迥異的小貓為題材。前文描寫小貓和家人嬉戲互動，盡見生之歡愉；後文寫其中一隻永遠離開了，其餘三隻亦垂垂老矣，但一家人對牠們不離不棄，照顧有加。兩文並讀，當能從人寵共融中體會歡與愁，感受到「愛」的重量。

　　第三輯「太子道上」是一張地圖，繪畫出走過的路。如果說〈彩店〉只是一個「拼湊」場景——以胡老師多個生活場景拼湊而成，並不「真實」，那麼其餘幾篇都是確有其地。〈太子道上〉描寫的是她中學時期生活的空間，〈西邊街〉和〈高街〉是成家立室、開始養育孩子的居處，至於〈荔枝角公園〉和〈牆窪〉則是中年後安居美孚的社區環境。（還有一篇〈春江水暖鴨先知〉寫的是中學和大學時期居住的鴨寮街，收錄於《杯子與茶包》。）這些場景不是獨立存在的，而是與生活緊緊配合：太子道上青春的火花，西邊街為人父母的喜樂，高街漫步細味的舊情，荔枝角公園賞花的閒逸，對社區牆窪掙扎存活的欣賞，在在顯示對生活的感悟和珍惜，一路走來，總能從平凡的人事、生活和環境中找到美好。或許閱讀之餘，來一趟文學散步，體會自然更深。

　　最後一輯「元陽梯田」是一幀又一幀明信片，展示大江南北的風光。〈元陽梯田〉和〈鳳凰古鎮〉寫的是山

間的梯田村鎮,〈記憶裏的兩條河〉、〈鄱陽湖〉和〈印象中的三個湖〉寫的是河流湖泊,〈秦俑的手勢〉寫的是歷史文物。六篇遊記不囿於一般的山水記敍,而是選取適當的切入點,於遊歷敍事之外,或側重景物活現,或側重史地考據,或側重抒情述志,或側重說理批評,寫作手法紛陳活潑,都體現了對本國歷史文化和山川河嶽的熱愛,對古哲先賢的景仰,充滿人文關懷。

從選輯《杯子與茶包》到《一路走來》,編者都沒有忘記初心——編選有助於中學生提高閱讀和寫作效能,以及培養品德情意的讀物,分別在於前者以初中為主要對象,後者則以高中為主要對象。《一路走來》的文章篇幅一般在2,500字左右,不論選材立意、佈局謀篇、意象呈現、技巧運用、遣詞造句等,都值得再三精讀玩味。積學儲寶,閱讀和寫作能力當可在潛移默化中有所提升。語文能力的培養,從來都與閱讀輸入的質與量息息相關,只知分析題型,追求答題技巧,無異於捨本逐末。

近年語文課程除了強調文學元素外,也重視文化內涵,胡老師沒有大談文化理論,而是在生活中躬行實踐。一路走來,胡老師常常謙恭自省,以真誠的情意對待親人,對待其他人,乃至動植山水,孟子所說

的「親親而仁民，仁民而愛物」就是這樣吧！回顧所來路，胡老師對傳統文化、對香港這塊培育她成長的土地、對成長路上扶持過她的人、對陪伴她生活的小貓、對公園的花朵等，都懷抱感恩的心，珍惜欣賞。讀《一路走來》，自會發現文化內涵原來就在生活中。

　　《一路走來》得以在《杯子與茶包》後出版，實在要深深感謝胡老師的信任、包容和鼓勵，也得感謝匯智出版社羅國洪先生的支持。胡老師視這本書為她七十歲的生日禮物，對編者來說是何其榮幸的一件事！祝願這本選集和《杯子與茶包》對推動香港未來的語文和文學教育有所貢獻，也祝願胡老師醉心作畫之餘，繼續揮筆為文，寫出更多優秀而具感染力的作品。

一路走來

歷史會不會排隊?

感謝鮑國鴻老師和林惠娟老師再次幫助我,從我的多種散文集裏選出一些篇章結集成書。這第二本散文選集叫做《一路走來——胡燕青散文選2》。去年出版的《杯子與茶包——胡燕青散文選》,現在仍可以買到。

這本選集叫做《一路走來》,這也是其中一篇的名字。諸位編輯和我用作書名,原因是它道出了一個真實的過程:包括我個人的成長和實質上走過的路,此中更包括了香港交通體系的發展,以及整個社會價值觀的微妙變化。

這第一輯裏,有我的幼童記憶,小學情懷,年輕時快要做媽媽之日因身分轉型帶來的衝擊,中年的日常感悟和老年時的自說自話;這幾個階段像跳棋,一時停滯不前,一時連跳幾格。〈詩篇〉第九十篇說:「我們度盡的年歲好像一聲歎息。我們一生的年日是七十歲,

若是強壯可到八十歲；但其中所矜誇的不過是勞苦愁煩，轉眼成空，我們便如飛而去。」此刻我已度過七十歲生日了。這首詩的作者又向上帝祈求：「求你指教我們怎樣數算自己的日子，好叫我們得着智慧的心。」感謝兩位編輯和出版社的羅國洪先生，給了我這份七十歲的禮物。在數算自己的日子之時，我更數算天父的恩典，這包括祂賜我成就此書的幾位好友。

散文創作，就像一個導演用電影記述自己的人生。通過演員的演繹、飄忽的插敍和武斷的剪接，電影的鏡頭對個人經歷之捕捉，自會包含調動過的細節和完整真實的大調。所以，即使散文比小說更能詮釋「我之為我」，我不建議讀者把散文當作傳記來讀，就好像自畫像不同於照片。這一點非常重要。

話雖如此，兩位編輯老師還是把我文中所記的先後按階段或結構排了序，心思細密，讓我感動。希望大家都來「擁有」這一輯文字，雖然那是我的人生，大部分也是這個城市的和這段歲月的一角歷史。

胡燕青

一路走來

人一大部分感情，是留在交通工具上的。

我很小的時候，爸爸用單車推着我，從幼兒園把我接回家。記得單車很高。我獨霸座椅，爸爸用手臂保護着我，用腿走路，一直走回家。媽媽帶我去看醫生時，則和我坐三輪車。如果爸爸也在，我就塞在他們中間，手放在媽媽的膝蓋上，感覺奇妙而溫暖。交通工具的回憶牽涉着木頭帶刺的質感、假皮革老化的裂痕、車夫有節奏的喘息、單車不規則的鈴聲、不同的車鏈運作的零碎撞擊和大人的對話。一層一層都是微細的感官經驗，鋪墊在一個小孩子腦海的底層，直到這些「車子」都給淘汰了，仍拒絕褪色。那段日子，我們住在廣州，公共汽車是有的，但的士這事物尚未誕生。

隨着家庭的流動，我住進了沒有車子的長洲，在這個啞鈴似的小島讀小學。那兒的人都走路。我對交通工具的重點記憶，是來往長洲和中環的渡海輪。我

一走近它就覺得頭暈，不但因為它搖晃，更因為它的柴油味。我上中學前，爸爸住在深水埗，我則留在長洲。我已經六年級了。爸爸不再親自到島上來看我，我必須自己走到碼頭，先乘船到中環，再「過海」回到九龍去。那時的渡輪沒有冷氣，也沒有餐蛋麵，沒有電視或任何娛樂，坐在船上只能看書。而我卻因為得認真對付隨時嘔吐的感覺，沒法看書。風高浪急時，窗框裏的水平線往左瀉又往右瀉，嚴重時幾乎和窗框的直線組成四十五度斜角了。這個灰藍色的搖搖板把長椅上的我兩頭拉扯，而我則不斷調整坐姿與之搏鬥。說實的，我在船上的每一秒都在受苦。進了維多利亞港，水才平靜了。這和現在的情況剛好相反——現在填海太過，港內水流湍急，船進了市區的水道，反倒顛簸。那時渡輪抵達港島，船員放下跳板。那片板也真的會跳，只有兩三公尺長，兩公尺闊，卻似乎充滿危險，我這個小不點怎麼走都走不完，因為它隨着小輪搖動，陡斜程度隨潮汐和波浪加減，兩旁又沒有欄杆，好像隨時會脫離碼頭，把我拋進海裏，那感覺頗為恐怖。後來我成了游泳運動員，仍不大喜歡在海裏游泳，不知是否與此相關。到我終於腳踏實地，又得背着書包從舊日的港外線碼頭天旋地轉地跑往深水埗碼頭。因為

另一艘小輪正在上客。柴油從兩個碼頭左右夾擊，臭得要命。再次下船，我走上北河街的時候，已經暈頭轉向，反胃不止。那是一個小學生給拋來拋去的負面經驗，想起來都不安。

六十年代末，我終於從長洲搬到有車的市區。那兒的交通工具又快又巨大。巴士像一片又一片的紅色奶油糕點向我衝過來。我每每等上幾分鐘，才敢過馬路。

我對巴士的記憶，也是我對生命中那一個區域的認識。那時我知道的巴士路線大概只有幾條。6B經過我家，也經過太子道口，於是我常常乘它上學。這條線路給我的記憶也很不堪。因為人多，站着的我經常給大叔們故意擠過來，用身體緊貼着，説白了，他們是在享受非禮女學生的日程。那時的女孩子都只會逃，就是不斷掙扎着離開他遠一點，寧願給大嬸阿姨們罵你鑽來鑽去到底在幹甚麼。1號車從學校往東行。我到了窩打老道，就下車走路，到九龍塘我的補習學生那兒去工作。學生很可愛，是個寬臉的胖小子，念小一。他姐姐比我小一點，在女拔萃念高中。後來我在港大游泳隊裏又碰上她。這兩路車雖然有一點重疊的路，但前者給我的感覺髒亂邋遢，後者卻明淨舒適，因為我在

它們的肚子裏得到完全不同的經驗。幾十年後，我偶然還會乘6號車，但這是選擇，因為我仍住在深水埗。

我讀中學時，有兩份周刊不斷地給我輸送文學的營養和機會。一是《中國學生周報》。這是當時的「美元文化」產物，即是受到美國資助的刊物。不過它辦得實在好。我就在那兒開始了我的文學閱讀，到了中四，更開始投稿。從那個美麗的園地，我讀到了前輩如西西、陸離、也斯、亦舒等後來赫赫有名的香港作家年輕時的作品，也接觸到台灣的詩壇，開展了我余光中粉絲的生涯。閱讀視野得到擴大，是我到了今天依然感恩的事。到九龍塘補習時，我還會特意去看看多實街的路牌，因為《中國學生周報》其時還未遷往新蒲崗。不過，另一份刊物對我的支援更大，那就是《青春週報》。

《青春週報》報社位於佐敦。於是，我放學後得從學校走到彌敦道，再乘4號巴士到佐敦去。編輯部內沒有特別出色的作家讓我嚮往，卻有親切的大哥哥、大姐姐。聽說這報社剛好相反，是香港左派辦的。我在那兒認識了葉輝，我們一起打乒乓球。在長期打開的球桌上，我們的創作力得到了承認和釋放。那裏的編輯讓我寫一個專欄。那時我才念中二。他們容我發

表，比《中國學生周報》還早三年。我中一第一次拿到
了「稿費」，就是他們發的。我還告訴我的同學，她也
成功投稿了，得到幾塊錢。當時的幾塊錢可說是相當
多的了。幾十年後說起，奇怪，我忘記了大哥哥大姐
姐的名字，只記得那瘦小的4號車。比起1號，它完全
沒有看頭，營養不良的車廂內沒多少人，總站在佐敦道
碼頭。從四點玩到黃昏，我匆匆趕到碼頭乘車回家。
記憶中，那時的渡船街住宅是非常中產的，一排高廈，
簡直巍峨如山脈。如今看見這些舊得要爛的建築，再
看看西九龍高聳入雲的豪宅，只覺唏噓。夕陽中，4號
車在彌敦道上順着紅綠燈的指引蝸牛般爬行。天色漸
暗，我心裏焦急，害怕爸爸比我早回家，他見我到處去
玩樂，會發脾氣。

　　第一次乘隧巴，記憶中是112。我和幾個同學都很
興奮。那一天，我們是去維多利亞公園泳池參加混合
邀請賽。這樣的日子非常開心，因為凡是友校開水運
會，我們就不用上課，幾個人奉體育老師之命游泳去，
能不使人高興？我們跟着一個認得路的大哥哥上了車，
走到樓上。其時人很少，我們大呼小叫，一路等待它
進入唯一的過海隧道。等到了，隧道裏的迴聲很大，
我們幾乎得喊着說話，感覺香港實在非常先進。不

久，車子迎向亮光，到港島了！我們歡呼起來，覺得自己是從海裏冒出來的大怪獸，人人引頸張望。經過燈光不強的隧道，初秋的艷陽忽然從四方八面湧進車廂，美不勝收，一車都是難忘的具體感官經驗。

地鐵興建的過程頗為漫長。當時學校附近的彌敦道煙塵滾滾，地上有很大的坑，人潮巴士擁擠在窄小的「餘地」之上，狼狽仄逼。那就是觀塘線的建築工地。已經升上高中的我們走過時總要伸頭往下看看。其實我們走不到那邊邊兒，只知道這是「現在進行式」，機器隆隆作響，工人馬不停蹄。地理課上，老師告訴我們世界上很多一級城市已經有了地鐵，包括倫敦、紐約、莫斯科和北京。這個在地底運作的系統，叫做 Mass Transit Railway。這是要背誦的，必考。想不到香港的地鐵後來連名字也不起，直接就叫做 Hong Kong Mass Transit Railway。英語老師說，倫敦地鐵叫做 The London Underground，在倫敦，市民叫它 The Tube。到香港地鐵通車了，我已經長大，考進研究院讀書了。一天，我拉着弟弟步行到石硤尾站，從那兒乘地車到佐敦。當我們坐到閃亮亮的新車廂裏，心裏非常激動。它響亮的機械聲好像要把城市的聲音全部集中到我的耳蝸裏，當中有人力車夫腳步漸漸消失的節奏，電單車越

9

來越大的咆哮，電車轉彎時委婉的咿咿呀呀，以及的士門給大力關上的聲音。如同地下的一片巨大的透水石層，地鐵托起了地面眾多的水道，運送着幾百萬人每一天的小打算和大計劃。那時的荃灣線尚在興建，地鐵的路線圖，就只有那麼一小截，好像沿着彌敦道爬行的初生蚯蚓。如今，它已是香港的整個心血管系統了。可惜一把年紀，不時總有些小中風或者小骨折；冠狀動脈裏裝個支架，手裏拿個防滑杖，又是新的一天了。

　　新聞報道說，香港的公共交通系統，全球第一；這個，我們一路給承載過來的，又怎會不知道。

母親河

　　每一個人都有自己的「母親河」。或河、或湖、或海港，或無邊無際的大海，總之是一個水域。

　　母親河，大概就是「我的源頭」的意思吧？西藏人的「母親河」叫做雅魯藏布江，名字非常浪漫，意思是「從最高的山峰流下來的神水」。以長度算，這是中國排名第五的大河，最後，短短的下游落在印度和孟加拉的國土上。她的水量很大，僅次於長江和珠江。最使人驚訝的是她的峽谷是全球最深的，藏人愛她，如同愛他們的佛。中國政府想在江上建水壩，以求「南水北調」，使北方比較乾旱的地方有水可用。印度官民聞訊嘩然，竟說不惜一戰，務必要中國停止這項建設。

　　對中國來說，這是一條「流出」的河。但對我來說，母親河應該是「流進」心裏、永不離開的。

　　我的第一個水域是珠江。對六七歲的我來說，那不透明的江水有點像蔗汁，但我常常看見小孩子在那

兒游泳。我覺得河水應該就是這樣看不通的，否則就不是河水了。上面的海珠橋建於1933年，連同引橋有三百多米長。我是在這條大河的泳棚裏學會游泳的。那時我們住在廣州的河北，每逢媽媽帶我到河南去，我就很興奮，因為可以「過橋」。過橋，也許就是在母親河的肩上「騎膊馬」。很久以後，我才看到了清澈的漓江，江裏的孩子和船隻一樣多。我很羨慕這些文革以後出生的孩子。他們的河與我所經歷的河完全不同了。但我不屬於雅魯藏布的激昂，也不屬於漓江的平靜。我希望自己能學會寬闊，如同大海。

　　到了八歲，我成了長洲的島民，我的水域變成了太平洋的一角。我跟東灣、觀音灣、面向海洋的建道神學院和礁石嶙峋的南氹漸漸熟悉起來。我一個人走過寧靜的山路，到建道神學院的小禮堂上主日學去。那兒有一個瘦瘦的女神學生，據說是我堂表姐。因為孤獨和年紀小，長洲的碧海和藍天都顯得特別大，大得荒涼。當我長高了一點，每逢星期六，我就自己坐一小時的渡輪回到中環，再乘船到九龍去找當小販的父親。旅途顛簸，我常暈船噁心。但在濃濃的柴油味裏，我對維多利亞港的感情日漸膨脹起來。海水的藍綠色感染了我。

　　那時我已經信了耶穌，但後來又忘記了祂。像對這海港，總因為熟悉而忽略她的美。中學和大學實在太好玩了。爸爸也當過勞力工人，參與了紅隧的開發，那時他沒當小販了，開鑿隧道的工資比較穩定。如今他離世了，想到海底藏着他的貢獻，既引以為榮又黯然神傷。我記起中學時第一次乘巴士沿紅隧渡海，十分激動。車子從隧道冒出來，回到陽光裏，馬上就要到達維多利亞公園了，我着了魔似的伸長脖子張望。那天到維多利亞泳池，是要代表學校參加接力賽。官校有官校的關係，我們的對手也總是別的官校——社會就是這樣的，人生就是這樣的，面對看來寬大的海港，你只能得到一個小小的位置。

　　讀大學時，我要天天「過海」。路線是沿着我住的北河街走到深水埗碼頭。是的，所有水域的焦點都是一個碼頭。我們從那兒啟碇出發，然後往更高的地方去。那時，港大圖書館的玻璃面朝大海，我又回到小時候在長洲的生活，向着薄扶林對開的海面發呆。對我這個住在深水埗的「大鄉里」來說，「對面海」既先進又古老——這一邊有滙豐總行，也有電車。西環碼頭仍保留着很多米倉，它們總讓我聯想到托着麻包袋的苦力——我爸爸就是這樣天天勞苦把我們養大的，在別

人眼中，他沒有任何成就。他臨終時說，我沒用了。我說，怎麼沒用呢，你把我們都養大了，說時淚水湧流而出。我知道，這樣和一個給生活埋沒了的天才畫家說話是沒有用的，只願他在天國可以繼續畫他的水彩。意義，原來很重要。

　　一次和同學乘電車，住在九龍的他說：我告訴你一個秘密，我是第一次乘上電車的。電車和海港，一樣不能少，這才是我們的香港。如今，維多利亞港幾乎就是我的「母親河」了——但這海港逐步變得淺窄，也因為淺窄而風高浪急。每次乘船到離島或澳門去，只覺必須先離開海港，風浪才平靜下來。這實在太對不起海港這名字了。是的，她不像往日寬容；她容不下一點兒不同的口音，看不起行動稍微慢一點的人。她天天向不同的敵人對焦、發炮，其實是想了解自己不滿的因由。她很驕傲，也太敏感；她因日漸衰老而發脾氣，又像固執的病人不肯服藥。今日的她太複雜，不再像我爸爸的時代那樣單純——那一代人只一個勁兒努力活着，並且為能夠活着而感恩。

　　我不斷定義自己的水域，又不斷遷移。我從童年遷移到退休的歲月，我由學生的慌張遷移到老師的不逮，我自身為女兒的不孝遷移到做母親的擔憂——我

總是尚未適應某種年齡的角色，就得離開了，當中也只有湍湍急流，沒有安寧。「我們度盡的年歲好像一聲歎息……」這話是摩西説的。摩西確是智者。他在法老的王宮長大，何止知書識墨？因為誤殺埃及人，在沙漠隱居四十年，然後回應上帝的呼召，帶領整個民族渡過紅海、走過曠野，再歷四十年才來到應許之地，自己卻進不去──但他毫無怨言，心裏只有感恩。生命是荒涼無定的，除非你知道自己正在做甚麼。《聖經》告訴我，真正湧流到永遠的活水不來自日夜消逝的河流或神秘的大海，反來自永恆的上帝。遷移至此，我停住了腳步，回過神來，眼前水光瀲灩，晴雨皆宜。

獎品

　　我第一次參加寫作比賽，是在小學五年級的時候。那時老師要我寫一篇反吸毒的短文，參加新界區的作文比賽。我一向喜歡作文，但所謂「作」，其實只是把看過的文字搬搬拼拼挪挪湊湊，了無新意。傷春悲秋的題材難不倒我，可是反吸毒嘛……我搔破了頭皮，還是弄不出一丁點兒頭緒。

　　那時候，最在意我學業的母親還在穗城，一年難得看見我一兩次；父親遠在九龍某一角落工作，他交給我的地址都是抽象的，那上面的街道地區，甚麼土瓜灣、深水埗、大角咀……我連聽都沒聽過，只覺得它們的名字怪得不得了。我在長洲小島上待了好幾年，跟着庶祖母過鄉間生活，每次乘船到九龍，總給大路上飛馳的汽車嚇得手心冒汗，不敢橫過馬路，把表兄表姊們惹得哈哈大笑。就這樣我被迫把童年的歲月全交給內心的天地，和石屋面向着的一小片海洋。在這種

日子裏，每當我在功課上遇上難題，唯一的幫助來自老師。可那一年的國文老師是一位非常嚴肅的老先生，而且題目就是他發下來的，我根本不敢告訴他我不會做。

交卷的日子臨近，我靈機一動：對了，吸毒的人我不會寫，就寫不吸毒的人嘛！於是我想當然地「造」了個故事，裏面描寫一個妻子如何因為丈夫吸毒得忍受貧窮、疾病的煎熬。一切都從概念出發，既濫情又文藝腔。功課交了給老師，我也卸下了心頭大石，繼續在野花夾道的泥山徑上跑跑跳跳，比賽的事情全忘了，每天依舊上學下課，在草叢裏找龍珠果吃，吃了吐出果核，又隨手撒種。

幾個月過去了，消息傳來，那篇作文得獎了，而且得了全南約區的冠軍！我們那所比一幢小洋房大不了多少的山區小學登時震動起來。校長那天把我叫到她那瑟縮教員室一角的小書桌前，鄭重告訴我得獎的事，和之後必須做的一切，譬如到城裏去領獎。我聽到了自然高興得睡不着覺，可是又感到憂慮——校長說那天我得跟她一起到荃灣去（當時荃灣是「新界」的龍頭大哥）。荃灣是怎樣的呢？領獎又該如何領法？鞠個躬可以了吧？這時我已具體地感到自己在台上的窘困了。

最使我擔心的是校長說她會親自帶我去。我們平常見到她總是避着走開的呀⋯⋯

　　那幾個晚上，我入睡之前那十幾分鐘，腦袋裏的東西碰碰撞撞。一方面我想到台下的人都向我拍掌喝采，不禁沾沾自喜。我從未真正見過一個禮堂，就想像它必定有我們兩個可以打通的課室連接起來時那麼大，可以坐一二百人。二百人一起給我鼓掌，真神氣！可是我又想到自己的校服⋯⋯又舊又黃又過短的襯衣，袖口沾着墨漬，太寬卻又不夠長的藍色斜布褲子，多失禮呀。我把腦袋埋在枕頭裏，忽然又非常不開心了。其實我們學校的女孩子是有特定的校服的：白上衣，湖水藍的半截裙子，也滿好看，可是校長老師體諒小孩子家裏窮，都不很執着。小朋友家裏沒錢另做校服，就穿上哥哥姐姐留下的藍布褲上學，也沒誰會說你。我就是其中一個窮小孩。平常碰到島上規模較大的學校的女學生，都很羨慕她們一身潔白平滑的連衣裙，每次都自卑得垂下頭。這一次，荃灣，禮堂，唉⋯⋯

　　還有就是校長。校長平常很少笑，她頭髮斑白稀疏，卻梳得平滑，束得繃緊，一個小髻掛在腦後；與此相對，是她臉上因歲月而鬆弛的兩頰完全垂落嘴角，像

一個小孩的腮幫子，使她顯得既年老又孩子氣，既嚴肅又有點滑稽。校長束過腳，如今雖然放了，走起路來還是有點彆扭，而且慢得像蝸牛。我們很怕和她打招呼，因為她見了學生就嘮嘮叨叨，勸這教那，沒了沒完。於是每每趁她不覺我們就溜了，繞道趕過她。小島上的大街小巷，結構精巧，四通八達，又沒有汽車。我們穿穿插插的就把她甩在身後，回頭總見她孤零零地踏着蹣跚碎步。她沒發現我們，只沉默地垂着頭走着，好像走路也是一件必須細心認真對待的事一樣，我們那時總覺得好笑。

可現在，坐在教室裏，我笑不出來了。明天，我就得跟着她又船又車地到荃灣領獎去。她說過要到下午才回得來。這就是說，我得單獨跟她度過差不多一整天……想到這裏，心裏竟有點希望自己從來沒參加過甚麼作文比賽。忽然老師喚我的名字，我又被叫出去了。教室外，陽光下，校長遞給我一條借來的校服裙，那上面澄潔的藍色竟和初秋的天空一樣悅目。

第二天清早天未亮我就起床了，梳洗後把放在床頭的藍裙子套到腰間，怎啦，好硬的布啊！庶祖母亮了燈，一面給我梳頭，一面笑說：「傻孩子，那是因為漿熨過呀。」我的心登時開了，校長也真好。我知道甚麼

叫漿衣熨衣，可從未想過自己也有一天需要到這麼隆重的打扮。我用手掃着平滑光亮的裙子，戰戰兢兢再穿上用白鞋油抹過了的白飯魚（帆布鞋），帶着幾塊餅乾就匆匆向學校走去。

校長早到了。她穿了一件暗色的碎花綢旗袍，臉上施了粉，白白的有點不自然，眉毛是畫上去的，深棕色，彎彎的跟她平時的不太像。就在這一刻，不知為甚麼，我忽然感到她已經很老很老了。她問我吃過早點沒有。我把手裏的餅乾拿給她看，她就叫我用手帕包好，說要帶我去吃熱的。

就這樣我慢着步子跟她走下山梯，轉入黎明的小街。島上人習慣早起，可現在街上還沒幾個。校長走在前面，手裏扶着一柄雨傘，臂彎搭着一件毛衣，另一隻手拿了個土氣但保養得很好的大提包，晨光裏認真地走着。我不敢靠得太近，一方面因為我對她有點習慣性的敬畏，一方面因為自己忽然感到幾分莫名的心酸。「得走快一點囉，」她說：「要趕早班船的。」

那真是好長好長的一天。我記得的已經很少了，卻沒有忘記跟她一道吃早餐的情景。那小店的主人認得她。店主微笑招呼着，叫她校長。校長在島上辦學數十年，街坊都這樣叫她。那人放下兩個騰着白煙的

大碗，問道：「這麼早，上哪兒去呀？」

校長開懷笑了，其實她一直在等待這問題。我從來沒看見過她笑得這麼好看，那像是打水底冒出來的一朵蓮花，着實教人感動，她臉上的皺紋水波一樣分了開來，又摺扇一樣疊到兩頰去。「是我的學生得獎啦，就是她，很乖的，很用功，得到全南約區的冠軍囉！不就是為了帶她去領獎嗎……」她重重複複地講了幾遍，人家都不耐煩了，拿着抹布抹來抹去，我窘得低了頭不停地吃那燙得要命的牛肉粥……

獎品拿回來了，是一隻很大很高的銀色獎杯。我終於知道一個屋子要有多大，才稱得上一個禮堂。那裏面的人好多啊。當我聽見有人喊自己的名字，往台上走的一刻，嚇得手都冰涼了，校長這些天來多次教我如何鞠躬，如何接獎，如今煙消雲散跑得影兒都沒有了，我只胡亂點點頭，眼睛卻一直往台下搜索校長的位置。人群中，怎麼她一點都不起眼啊？……

那天終於過去了，我那借來的校服，皺着還了給人家。往後的日子，不知怎的竟卻愈變愈短，愈溜愈快，沒幾個肯在我的記憶裏略略徘徊。

校長已經過世多年了，就葬在島上。我連她的墓地都沒見過。那一年我和朋友到島上遊玩路過母校，

走進去逛了一回，發現我的那個獎杯還放在教員室裏，不過好像變小了，上面貼着一張發黃的小女孩照片，那不就是我嗎？我呆呆地站着，心中激動，想那必是校長從我的學生手冊上剪下來又貼上去的。

「你這『學校』真玲瓏。」朋友打趣說，其他人都笑了起來。我避開了他們的眼睛。此刻我忽然又看到了童年時一個早晨的情景。打扮過的年老校長正踽踽走過長長的石街，不遠的背後怯怯跟着一個瘦弱的小女孩，她正朝相同的方向走。半生以後，小女孩走進大城市見世面去了，孤獨的老人卻走進了她的心，且將永遠居住在那裏。

而那，相信就是她整個童年最美好的獎品了。

不再少女

（一）

　　我曉得自己懷了孩子的時候，已經來到深秋的峨嵋山腳，準備登山。濃濃淡淡的山嵐水氣中，蒼青淨綠層層幕幕地打開，近的玲瓏似水、碧裏透光，遠的若有若無、迷離縹緲，一切都美極了。可是我倆站在那裏，心裏竟複雜得容不下山中的一片葉。

　　「你懷孕了，還爬甚麼山！你們真是，難道不知道危險嗎？」報國寺內那胖胖的女醫師生氣地説。我們呆呆站在她那既是診室又是藥房的小書齋裏，竟不知如何是好。她當然不會曉得我們如何拚命儲蓄，還把假期都擠在一起，才終於可以沿着成昆鐵路來到這裏……「還不給我買車票去！馬上回家，懂嗎？」她幾乎要咆哮了。

　　才走出她的小房間，我們竟又拉着手蹦跳起來，那始終是個快樂的消息啊。忽然，振榮驚叫道：「別

跳，別跳，你怎能跳啊？」我停下來，看着他緊張的臉，忽然有了時移世易的感覺。我生命中唯一的活潑的少女時代，難道真的就此告逝了嗎？鼻子一酸，本來歡天喜地，一霎眼就孩子般扁着嘴要哭起來。

我懷孕了。

懷孕了，快將成為母親……這些理性的理解，到底並不能解釋自己心裏的奇異感覺。這時刻，我只感到那一向全屬自己的身軀內，已經蘊涵了一個可能，一個將來，一個終將獨立的生命。是它，就是它，使我感到自己與所有背着行囊、整裝待發的女孩子不同，與所有人不同，甚至與昨晚的自己、今早的自己、剛才的自己完完全全地兩樣。一種深沉的驕傲，正漸漸統治了我這徬徨的時刻。可是，站在峨嵋的煙水裏，這樣就告別一個熟悉了二十多年的自己。這畢竟太突然，太使人手足無措了。

我垂頭，看見自己心愛的球鞋，沙塵裏仍帶着一貫的頑傲。微舊的紅色，密佈的褶皺，在在是往日奔跑的回憶。穿了兩年多的紅羚羊，大概仍等待我每早帶它跑過清晨的粉露。可是孕婦有穿球鞋的嗎？

車廂裏，振榮忽地拽拽我的小辮，遞來一個蘋果。我開始懷疑了，我果然已經、我真的已經要做母

親了嗎？

「我把頭髮剪短好不好？」我接過蘋果問。

「為甚麼？」

一時間我答不上來。當然也沒見過孕婦是束辮子的。我拉下束辮的頭繩，取出一柄小木梳，輕輕把頭髮往下梳，只是，那辮子已經束得太久了，頭髮一時仍慣性地鬈曲着，沒肯給我乖乖的直下來⋯⋯

（二）

回到家裏，屋子一切依然，只是自窗間投入的一片夕陽，好像已經移了位置。

冬天快到了。我伏在窗前，看街上的小公園快要建成，工人正為小亭子鋪上碧綠的翠瓦，我竟突然快樂得對着二十層樓下面的過路人唱起歌來。一回頭，滿桌的紙張正紛亂地反映着陽光。那寫了一半的碩士論文，忽然變得討厭得要死。甚麼李賀韓愈，一時間竟自我最心儀詩人的行列，重重地跌了下去，變成兩個遙遠笨重的名字。我好生奇怪，弄不清他們以前到底用了甚麼戲法把我迷住了好幾年。

「總不能這樣子，要好好完成論文，在孩子出生之前必須完成。」振榮哄着我說：

「那你才有時間陪他玩。」

「我曉得的，」我回答道，「看完這本《叮噹》，我就向惡勢力低頭去。」

我一向覺得學術和所有學術圈的人，都是惡勢力，總把人搞得一時自卑，一會兒又內疚。他們把總部設在警衛的圖書館，每逢走進那兒，就得回答一堆「友善」的問題。不是嗎，總有相識的人笑着問：有看過那篇論文嗎？那間書局七折了，搜過了沒有？我可用了幾百元。明天的講座你一定得去聽聽，那講者，總之你一定得去。他們很少說，星期天我釣了一條半呎長的大魚，然後讓我指着他的鼻子哈哈大笑說：甚麼，半呎長就是大魚了嗎？……懷孕之後，我竟有了反抗的勇氣，不再那麼「忍得那錯」(「忍得那錯」是我給 Intellectual 的音譯)，只天天就望着大海反射的碎光，讓思想浮游而去。

有空還是寫首詩吧，我向自己說。感覺一浪一浪地打來，可拿起筆，卻又甚麼都寫不出來。多奇怪，我竟然想編毛衣。

從沒有孕婦被罵沒出息的，我果然拿起了久別的織針……

（三）

十三周過去了。陽光擁來了暖暖的十二月。那天晚上我們扭開電視機，裏面一群穿得五彩繽紛的人正在慶祝平安夜。喧鬧的世界，就在眼前幾呎之遙蕩漾着，卻已不能來犯。我們盤腿而坐，一面笑一面玩鬧，竟已感到那是一個三人世界，中間是飽滿的平安。

我站起來要去泡茶的時候，振榮説：「我看來看去，怎麼還是一樣的，你沒有變成大肚子女人啊。」

「噫，」我笑道：「可能只是個假消息呢。」口裏説笑，心中就惦掛起來，慌忙到廚房去找吃的，連泡茶也忘了。

「真的沒變！難以置信，那裏面就有一個人嗎？」他竟已站在我背後，認真地打量起來。

我遞給他一片糖。變了，一切都變了。雖然衣服依然合穿，可一切都大大改變了。誰知道那雙本來連蹦帶跳的腿，早已乖乖地走每一步？誰知道每吃一口飯，就有了分享的情感？誰知道睡前床畔的一本書，已不再是繽紛繁富的中唐，而是那厚實叮嚀的嬰兒手冊？

沒變的只是外表。那其實也是很可愛的事。可不？我身上有一個小小的美麗的秘密，是迎面而來那路人不知道的。在街上走着，我竟會偷偷笑起來。

（四）

　　直至那天，這份喜悅還是溫柔的。

　　那天，醫生拿起手電筒一樣的擴音器，在我的小腹上找到那卜卜的聲音。

　　那是孩子的心跳。

　　醫生微笑地點頭，他的喜悅當然也是衷誠的，卻如何比得上一個母親第一次聽到這聲音時的激動！

　　「聽到了嗎？」他得意地問，好像找到了寶藏。

　　「嗯！」我快樂得跳起來，因為三個月來抽象難懂的「懷孕」，今天忽然變得具體，變得真切，變得接近。

　　翻遍了衣袋，就是沒有一元硬幣。我急忙跑出醫院，找到了最近的快餐店。我必須告訴振榮，告訴他，孩子的心跳如何像一串美麗的鈴聲，把歡樂敲進了我們的生活，讓我覺得成功，覺得幸福。

　　覺得世界的一切原來都源自那小小的響聲、小小的律動、小小的存在。

　　從此，我倆不再只是擺過婚宴、簽了婚書的兩個人，自茫茫人海偶然碰面又偶然結合。我將是他孩子的母親，他也將是我孩子的父親，我們將骨肉相連，不能分割，並且正要提攜和分享一個簇新的生命，讓他成長，讓他快樂，讓他展翅，然後投入到天地的創作中

……

即使從此不再少女，不再有容易緋紅的雙頰，不再有甜甜的傷感，不再飄下長髮、束辮結蝶，這又如何？在那穩定柔和的心跳聲中，生命已應允再度給我所有的機會……

生命將再給我無知，再予我善良，再帶來童年，和一切年輕時的好夢，生命將再讓我感到成長的驚喜，並同時享受收穫的滿足。

生命已然開始，真實地開始了。

白米隨想

　　孩子腸胃炎，得吃白粥。我們懶得另外做飯，也跟着一起吃。

　　煮了大約一小時，粥水在瓦鍋裏大開，乳白色的半透明米液，自中心高速散射到鍋邊，像節日夜裏黑穹中開綻的煙花。粥花沒有煙花繽紛美艷，但它在火焰上長放不謝，純潔噴香，這又豈是一瞬即逝的煙花可比的呢？

　　洗米的時候，我總愛用手抄起幾顆，在柔和的、薄薄的一層水衣下，看尖長卻飽滿的米粒在廚房的燈光裏閃耀。小小的顆粒形狀有如小紡錘，有大自然那獨特的、略為不規則的神態，近尖的地方，有的清削，有的圓潤，總之，沒有兩顆米是完全一樣的。它們聚集在我濡濕的手心，方向各異，以不同的姿式折射着光線，是個悅目的景象。我覺得它們比珍珠還要清潔好看。它們的生命要變成騰熱的香飯，以另一種方式供

應我們的生命，它們不像珍珠，只曉得爬在女人香水和着汗水的脖子上，去撩撥另一個女人的妒忌心，這就夠使人歡喜了。

米粒成了白飯的時候，更是動人。中國人習慣以五穀作主糧，魚肉菜蔬為配伴。往日國家太窮，人民不能每頓飯吃好菜，甚至沒米沒麵。今日香港，大家飽足，但仍以吃飯為主。我們不像美國人一般天天數算着各種食物營養的「每日定量」，還得大量吞服魚肝油、花粉丸和維他命。我們也少一點患上他們的痴肥症。白飯一碗，熱騰騰，香噴噴，以柔和而又富足的曲線，小丘般打碗中冒起，猶搖曳着紗白的清煙，難道不比那方正木呆的麵包片來得更溫柔親切嗎？尤其在那些冷雨飄飄、寒透衣帽的冬日，你一腳踏進家門，即有那麼一碗熱飯在迎接你，這該多好。你把熱碗端在手心，僵冷的十指甦醒了，一種奇異的溫情傳遍你全身。這時，你感受到的飽足又豈止於肚腹？飯桌四周，每人雖各自捧着一個碗，目光卻永遠是向心的，言語間、笑談裏，你不覺就成長了。

所以，一個人的時候，我寧可到街上吃，很少自己燒一碗飯。愛飯，其實也是愛它所象徵的幸福。米飯、團圓，在我心裏漸趨同義。幾年前我住在港大的

研究院宿舍。那是學校招待外賓的地方,設備如同一流大飯店,全院滿是地毯,房間有私家浴室、冷暖氣、冷熱水不在話下,校方每年只肯「收容」十來個同學,幸而有津貼,否則那種昂貴地方,有學生來住才怪。來了的同學不得只顧念書,必須定期參加酒會,打扮得體地與各國路過的「學貴」交流。那裏的晚餐更相當隆重,長桌子,白餐巾,一切都很講究——除了味道。廚房煮的,多是西餐,於是刀光叉影,伴着咀嚼的聲音,就成了我們每日傍晚的節目。沒多久,一個台灣同學厭膩了這種「如貴族」般的生涯,買了個巨型電鍋回來。晚餐他雖照吃,但一到十點,就把所有中國同學都叫到他房間去享受他煮的白粥,吃一頓開開心心的。

白粥是真的白,鹽也不下,煮得綿綿軟的,黏稠中流動着清爽,入口滑而暖。大家每夜必拿着自己的碗筷走到這暖和的屋子裏,坐在牀上,地上,桌子上吃一兩碗。同學常備泡菜、鹹蛋或是香腸給我們「送粥」,真是滋味無窮。最難忘的,當然還是那時候奔放的笑鬧和喧嚷,那種聚首一堂、坦誠相對的光景。

這種事,舍監一輩子不會曉得,我們卻畢生難忘。雖然一年之後,大家散落到人海的起伏裏,各自追尋幸福,沒有勉強相約見面,但必然仍分享着同樣

的美麗記憶。一鍋水，兩杯米，竟使我們能夠如此相聚，勞苦的生命同時也充滿着明媚的事物。

到今天，我望着白粥在瓦鍋裏快速地對流，中間隆起的小山，正浮着許多「開了花」的碎米粒。全熟而透明，形狀變了，溫柔了，香口了，一刹間依聚在一處，霎時卻已打各方回落，真是好看。我知道煮稀飯得有耐心，火不能太慢，太慢的話米不成飯，生澀難以入口；也不可太猛，太猛會教稀飯溢到鍋外，不但一塌糊塗，連火也會弄熄。於是我小心地站在爐火旁邊等待着。

「媽媽，我們餓了。」孩子探頭進來說。

「行啦。」我說。

時候差不多了。

入伍

　　看見老人家的時候，我總忘記自己已經是他們的一分子。以前，我快步跳着走下地鐵入口那一道總共四十多級的樓梯，越過了一個又一個比我年紀大的人，其實那時膝蓋已經輕微疼痛，像一把不夠鋒利的、用於生日蛋糕的塑料刀在拉扯，提出還算是鈍感的警告。有感覺了，但那算不上辛苦，我的腳步還是快。

　　但這段日子，我再沒能夠越過幾個老人了，只握着他剛剛握過的、餘溫尚在的不鏽鋼扶手，跟着前面的人緩慢地拾級而下，裝作給那個幾乎不佔空間的身體堵住，不得不慢慢地走。他的手杖是一柄大傘，傘尖有防滑設計。那傘如此巨大，無疑是比他彎曲的骨頭更強大的存在，好像在提醒路人：這裏有個人，不要撞過來。

　　真的，人群高速的流動中，總有一些行動緩慢、瘦小而乾瘦的身體，像一棵大樹上發黃的葉子，未成主

調，卻處處可見。他們整個人像醃過的話梅乾，皺紋
凸出而非凹陷，眼睛像兩道小傷口，有點紅，也有點
濕，在縱橫交錯的紋理中，眨眼的動作小得看不見。
我不要和這些眼睛對上，那會讓我害怕。

老人的頭髮稀疏，最密集的地方仍蓋不住頭皮。
雖然沒有染過，但那種白還是複雜的。隨風飄起的幾
條和上過蠟的或任性或乖巧地在髮根聯結，同源而異
壽。很久以前，他們濃密整齊，方向一致。如今，髮
根短淺，頭皮因繃緊而發亮。

老人的身體總是這麼細小，如同另一種物種，他
們輕飄飄的好像已經落在失重的狀態裏，這狀態要使他
們飄離大地，但他們用趾尖和細碎的腳步竭力地一下一
下抓緊商場的地面。他們拿手裏的傘打釘子一般往石
頭敲，卻甚麼都沒打進雲石裏去。無論防滑的工藝多
麼成熟，傘頭還是滑走，不可依仗。他們的鞋子殘舊
柔軟，而唯獨殘舊柔軟才能如此順服地、變了形地遷就
着主人向外突出的趾骨。他們的褲管總是不夠長，遮
不住踝骨上撐得要破的皮膚。起初我不明白他們褲子
短的原因。他們不是都變矮了嗎？後來又想：褲管短
一點或比較不容易使老人絆倒受傷。

五十多歲時，我在公立醫院看醫生，已經被撥歸

35

老人科了。又有一次，我在急症室呆等之時，看見年輕的男女護理人員推着一張又一張有輪子的空床矯健地走過。升降機開了又合，輪子床進了又出。怎麼總沒有病人？我定睛看，啊，我錯了。床上原來是有人的！是體積極小的老人。她陷在一大堆皺起的毛氈床布和被單裏，連體量的暗示也沒有，沒有輪廓，沒有質感。我站起來，如同一個致敬的儀式。我細心察看那個躺在輪子床上的軀體，先注意到她凌亂的髮絲，然後是那張熟悉的臉。我不認識她，但認識那小不盈握的灰色的頭臉，以及只有一公分打開、睫毛盡落的眼睛，眼皮外翻，裏面有發黃的眼白和黏稠的眼垢。鼻孔裏的透明膠管提供着未必充分的氧氣。我坐下，視覺上老人也縮了下去，只有幾根在冷氣風口飄動的白頭髮，像給撕開了的白旗。

　　我曾經看見過這樣的父親和母親，看見過加護病房裏面的大床上瑟縮於床中心的家翁——那一刻，他小得像個十歲不滿的孩子，躬身睡在父母的大床上。中年時，他們說不上高大，但體積正常，生活上也總算是個有分量的人。但是，走到人生最末段的時候，他們總會變得極其微小。母親患癌，病時很瘦，她說，我減肥成功了，是不是漂亮了？一屋子兒孫看着她報以

微笑，但我們當時的心情很複雜。不過，媽媽確實是
漂亮了——如果只看那張臉，不看那消失中的身體和生
命。

　　那一刻，我竟然有點想她離去，望她不要繼續承
受胰臟癌帶來的痛苦。如今，我的年齡已經接近她離
世的年歲了。

花布傳奇

花月是不是真的？

〈花布傳奇〉寫的是我的家人，包括祖輩和父輩。我寫得最多的是自己的父母，其次就是和我們生活在一起的幾個小貓。

我祖父是出色的商人，當年在廣州的高第街有很多店鋪，都是賣呢絨花布的。後來幾十人的大家庭來港，布料漸漸敗陣於成衣，爺爺的生意也就結束了，我的上一代不能再集中在一個店面工作，分散多處，成了各行各業的人。同行欠爺爺錢，他也欠人錢，最後人人都破產了。爺爺逃避債主時帶着我和祖母到處奔走，我小學時雖然屢屢名列前茅，卻也得讀讀停停的，留級了。

爸爸做了小販，我們在鴨寮街、北河街的十字路口來來往往，住在板間房裏。上大學之後，有兩個好友送過我回家，走上樓梯時，一個若無其事，一個看

着樓梯天花上「男鐵床位」四字良久，對我的身分甚是
疑惑，不久我們就沒有來往了。〈雙層床〉寫的，則是
另一人，我當時的男朋友。故事裏，我爸爸扭傷了腰
骨，腰椎軟墊滑出，躺在床上動彈不得。男朋友不肯
從醫學院開車（那時他已有私家車）過來看我爸爸，我
很生氣，覺得他未來不會對我父母好。未幾我們就分
手了。〈雙層床〉成文、發表、結集……他都沒看過，
那短文卻感動了很多人。最後，還給選進了教科書。
但是，許多許多年以後，我開始後悔自己寫過這樣的文
字。這對於他實在有點不公平。為甚麼呢？因為我後
來也經歷了多次椎間盤墊滑出的情況，原來這是很常見
的中老年人病，過幾天會自己好起來的。當時他認為
這並非甚麼大事，不肯過來看我爸爸，其實是理智的選
擇，因為他是醫科學生，判斷比我準確得多。我如此
驚慌失措，既內疚又憤怒，都只不過因為毫無醫學常
識。父親後來又多次如此，漸漸習慣了，我也再沒有
大驚小怪。我知道男朋友不會看文學作品，我們也再
沒機會見面，但仍希望借此出版機會，向他道歉。

　　我們脆弱，小貓們更脆弱。如今，我們只剩下三
個貓貓了，他們一個十七，兩個十六。艾殊莉莉幾乎
全盲全聾了，有時甚至認不出家裏的活動路線，且連連

失禁；粉仔全身抖震，吃個飯都無法把頭定住，也許是
貓咪柏金遜症，但他們可愛依然，叫我們心裏的憐惜源
源不絕地向他們流動，全家人都要定時向他們撒撒嬌。
唯獨哩哩寶刀未老，眼睛明亮，英俊不凡，「蝦蝦霸霸」
地對待同伴，但他絕不敢面對我的八秒挑戰（用鬥雞眼
定睛看着他八秒，他就會不知所措）。

　　我不執着，但感情都很真實。「鏡花」因華麗的
花朵而綻放，「水月」也因明亮的滿月而浮動。鏡花水
月，卻並不是我了解人生的進路。

　　　　　　　　　　　　　　　　胡燕青

花布傳奇

小街已經消失，私史已經模糊，
感情的卷匹卻仍等待記憶的尺子來量度。

　　祖父去世時九十四歲，走前沉默三月，不吃不
喝，靠胃管維生，未肯留下言語。清晨接到消息，我
知道他已經走了。他以最輕巧的方式離開了我們的生
活，像一片給塗畫過的廢紙飄離蟲蛀的窗櫺，帶着零星
落索的紅漆碎片，大白天嚴厲的瞪視中悄悄消逝。

　　他破產時才六十多，錢都丟失以後，才知道當日
雄霸廣州布業的年月，不過一場拖得過長的夢。我沒
有任何辦法具體描述祖父，因為我們說過的話畢竟不
多；他的形象，我也只能通過一種外在的氛圍來重組。
祖父一生拖着長長的、佈滿膿瘡的戲劇尾巴。背後那
一連串血肉，提不起也割不掉；發炎的傷口張張合合，
劇痛中拖過了晚清末年的簷蔭，拖過了孤兒流徙的童
年，拖過了抗戰南湧的足踝，也拖過了文革嗜血的碎玻
璃。最後，更拖着三兒一女漸入中年的臉容和他們的
家庭來到了香港。他用了三分一的歲月來建構自己的

人生，又用三分一來發現這種期待的荒謬，最後用盡了餘下的三分一來忘記先前那三分二。

　　我站在他末後三十年前那個時間刻度上，用微小的身體切入他那正在逐漸瓦解的王國。我第一次看見他，就知道當時他說的每句話，都要成為他勢力範圍內的絕對真理。六二年我隨父來港時，只有八歲。祖父叫人把我帶去燙了髮，讓我看來更像香港出生的孩子。在他和周圍人事的體系中，我顯得渺小，卻須要花很大的力氣去調校自己，好成為其中一分子。

　　花布街在中環，原名永安街。祖父剩餘的「天下」就安插在那裏：三層高的小唐樓薄得像紙牌，卻擁擠得像蜂巢。鋪子在那裏，家也在那裏，祖孫三代親戚伙計統統堆在那裏。許多人進進出出，人人用鄉音說話，大家臉上一點笑容都沒有。祖父好像從沒察覺我的存在。我和爸爸一到港，就被他那複雜的帶着絨線氣味的精密系統一下子吞滅了。我想念留在廣州的媽媽，一天到晚站在那兒哭，但一切運作如常，誰走過我身邊都繼續走，好像那地方本來就為一個不住哭泣的小女孩預備了位置。

　　花布街很窄。走在裏面，必迷路於狹長的布匹森林。布香是奇特的，像一種會生長的欲望，帶來被觸

摸被擁抱的聯想。呢絨似樹，彩布如花，布軸在街的
兩岸高低嶙峋地斜斜傾出，匹卷盡頭飄動着透光的布
片，把風抱個滿懷，一味的呵護揉捏，最後盡情拋向那
焦脆的、七巧板圖案一樣破碎的藍色天空。我抬頭看
着那給簷幕和布尖切割得七零八落的夏天，就感到自己
正在做一個悶熱的夢，心中充滿蘇醒的渴望。因為以
前每次從噩夢中醒來，母親總在身邊。

賣布的店子一家挨着一家的，外貌酷似；上街回
來，我都要迷途，常常跟着大人走到了店前還不知道，
到赫然認出了胖子姑父才曉得已經到家了。姑父的工
作，就是站在店前和過路的女人聊天，聊得夠久了，她
們就會進來買布。小伯父也在店裏打工。他很高、很
瘦、臉紅黑，長着小孩一樣友善的腮幫子，但從來不
笑，濃眉向心地壓在圓大的眼睛上，教人看着害怕。
但我直覺他是個極好的人，因為他有時會低頭看看我，
而且肯同我講話。我不大了解伯父的表情，如同我分
不清各種呢絨的貴賤。我只知道，他是店裏的買手，
他買甚麼回來，店子就賣甚麼出去。他帶回來的布
範，不是深藍就是灰黑，一點不好看。我就此問過祖
母。祖母也有好看的小小的腮幫子，讓人感到她的樣
子本是用來笑的，但她也不常笑。來歷不明的歐洲血

統教她看起來很白，像透光的瓷。我隱約記得她嫩滑的皮膚下暗暗游走着許多藍色的微血管，使我想伸手去摸。但她一開口，那混血的感覺馬上給純正的中山話沖走了：「傻孩子，你祖父賣的是呢絨，不是那些便宜的花布呀！」我說：「但花布好看多了！」這時，祖母會把她的寬臉和高鼻認真地轉過來，眼睛上上下下地打量我，愣一會，又回過頭去，輕輕說：「土娃娃。」接着又忙她的午飯去了。她天天要做兩次吃飽十多人的飯，每次見她，總是在熱氣騰騰的廚房裏忙着，白色炊煙的合抱下，她的背影寬大而孤獨。

相比起來，庶祖母的溫柔卻沒有一點親切感，她太幽雅了，一點趕不上店裏匆忙的節拍，只會在鋪面閒坐，行動安靜得可怕。聽說因為她眼睛不好，所以不用買菜做飯。她的工作，好像就是每天在木梯上來來回回走幾趟，除了輕輕喘氣，她從不發出一點聲音，像個正在尋找歸路的幽魂。她負責看管我，包括和我睡在同一張床上。她的床放在閣樓，兩頭都不着牆，空位多着。閣樓的天花很低，走在上面，大人須要稍微彎腰。如果我可以選擇，我寧願和祖母同睡，因為我感到她是真心疼惜我的。但祖母是跟祖父睡的。庶祖母呢，卻罵我是壞孩子，說我睡時不住翻滾，讓她

頭暈。我生她的氣，總想問祖母她是不是所謂的狐狸精，但終究沒問。因為我知道狐狸精都長得很漂亮，但庶祖母疲弱、蒼黃，一身都是驅風油氣味，頭髮鬆散灰白、還是個內斜視呢。這樣想着，就覺得祖父很蠢。不過她身上穿的都是上好的花布衣，輕飄飄的，人散發着無法錯認的「女人味」。可惜，祖母看來比她強壯許多，所以沒有一天半天不用幹粗活。離開花布街才數年，她中風遽逝，一生勞碌未曾得到半點回報。她走後，庶祖母卻病了許多許多日子，最末幾年，祖父用盡他所有精力來服侍她，二人恩愛纏綿。在她身上，我體會到甚麼叫做多餘，也體會到這種多餘所衍生出來的巨大爭勝力。

媽媽告訴我，祖母中年時仍是非常漂亮的女子。她的悲劇，是一生都不知道怎樣用柔軟的話語去討好自己的丈夫，只知道在他納妾之日痛心上吊。最後雖然被救，人生的美好花紋畢竟已完全消失，剩下的只有絨黑的等待——等待兒女成長，等他們在不同的年代裏為她重組家庭這概念。年輕時，祖父和祖母是很恩愛的，但祖父生意漸漸成功，祖母的勞碌形象就成了男人眼中一種可憎的粗糙。一念及此，我就悲從中來。我努力用心靈的眼睛為她穿上花布街上最好看的布縫出來

的長衫。但是，每次我都只能看到她穿着寬大的黑綢褲，上身背面，是圍裙帶子紮得緊緊的一個結。

爸爸是祖母鍾愛的孩子，排行最小。大伯父航海去了，小伯父一個人在店裏忙得不可開交，於是爸爸同樣被祖父的店子收納下來了。自此，父親日漸消瘦。照理一來到香港就有了工作，應該很高興才是，但他一點不高興。他的頭髮很不自然地往後翹起，吐放着髮乳的亮光，凸顯出皮膚病態的蠟黃色。他額上總躺着一綹逃脫了頭蠟的碎髮，像一片零星的夢想。祖父認為精神奕奕是一個生意人不可或缺的德行，但父親的眼睛卻深深窩着呢絨色的疲倦，兩頰下陷，人破碎得像地上等待清除的布屑。那神態、那表情，愈看愈像只會皺眉的小伯父，兩人的憔悴成了店子的標識。父親在國內原是個畫家，眼睛討厭固定的圖案，花布的印刷使他怠睏，呢絨的經緯更讓他氣餒。每次攤開灰黑色的匹卷來量度，他的動作都很快，但也很馬虎。這和他攤開畫紙畫布時很不一樣。我看過他畫畫時的臉。那上面游動着柔和的光，臉色一直隨着畫中的內容變化，上面有微笑、有慍怒，也有綿長的思考和失神的天真。但現在他呆呆坐在櫃台後面，看起來一點不像三十出頭的人，反像一個垂老的看更。

　　那是一幢三層高的房子，很窄、很長，從店面打圓形木梯往上走到一半，有一道門，打開就是一個小小的夾層空間，我生病時，他們把我放到裏面去睡覺，睡到退熱。三樓有一廳一房，房上就是硬間出來給庶祖母睡覺的閣樓。閣樓上還有一個天台，廚房就是在天台僭建出來的。每天，我就在這幾層樓中間上下遊蕩着。到了暑假，我發現跟我一同遊蕩着的還有我的兩個堂哥哥——大伯父的小兒子和小伯父的大兒子。白天我們是不准到鋪面去的，晚上店子關了們，布匹上了櫃，店內就會空出許多木架子，每個都足以藏下一兩個小孩。這時，哥哥們都會鑽進架子躲起來，蜷曲着的身體抵着木塊，享受被放逐整天之後那方方正正的安全感，三人在那兒有一搭沒一搭地說話，玩賣布遊戲，一個扮店員，一個扮顧客，玩到被大人叫去睡為止。

　　小哥哥和我同年，也是八歲，長着紅黑的臉，眼睛大得像葡萄珠，老是笑，直是Q版小伯父。他很會下棋。大哥哥不理他的時候，他就來找我，說要教我。每一着，他都會伸手過來「教」我怎麼走，然後逐步吃掉我的炮、我的馬、我的車。最後他會說幾次將軍然後拿走我的將帥，宣佈他贏了。他一贏，我就很高興，因為終於可以去玩別的了。他也會從暖水瓶倒

出一杯熱燙燙的水，把幾顆鹹脆花生放進去，說這樣就可以把花生煮軟，叫我一直跪在椅子上看守杯子，但不准吃。每次我都忍不住全部吃了，他回來之前，我會放進另一些，他吃的時候還是會說：「果然煮軟了呢，好吃。」我們就是那樣地如魚得水，堂兄妹倆親密得像一對雙生子。

大哥哥那時有十三歲了吧？他的點子更多。有一次我氣管炎，他告訴我，人咳嗽了，如果一直治不好，就可以抓來一條壁虎，用生菜的葉子裹着，然後把牠活活吞下，壁虎嚇慌了，自會在你的喉頭上亂撲狂抓，把裏面的痰划鬆，咳嗽的人自會好起來。我和小哥哥聽了嚇得半天說不出話來。

那時，我最害怕的是洗澡。人太多，要輪用廁所，大人就吩咐我和哥哥們到天台上去洗。我雖然只有八歲，但在哥哥們面前洗澡，覺得很難堪，但最終還是洗了，每次都很努力地意識自己的「小」，讓自己好過些。洗澡時黃昏早至，天色變灰，周圍的高樓大廈已經亮起了霓虹燈。記憶中，中環最亮最紅的兩個字是「廣安」，但大城市俯視眈眈，廣而不安。我把衣服一件一件地脫下，最後才脫內褲，然後急促地坐進水盆裏，用手臂環抱着自己的身體。看着水面小小的毛巾

在紅紅綠綠的倒影中包着一泡氣，心裏就有説不出的想哭的感覺。

同樣在天台上洗澡，哥哥們卻鬧得歡快，潑得一地是水。我還記得大哥哥不知那兒抓來了一隻小貓，放到蓄水桶中説要替牠也洗一洗，我大叫着極力反對，但他們還是做了。小貓後來不知是淹死還是冷死了。大人們因為大哥哥把水弄髒了，揍了他一頓。

祖父鋪子門前有一個牌子，寫着「真正不二價」五個大字。許多年後我才懂得，「真正」是店子的名字，而「不二價」則是「一口價」的意思，是做生意的態度。祖父離開花布街時，大概就因為這種不肯變通的性格，落得一窮二白、債務纏身。他唯一的一次「變」是變了心，背叛了祖母。但説到做生意，誰可以改變他的「不二」呢？在一切模糊發芽的六十年代，花布街仍是充滿可能的地方。整條街散發着一種鬧哄哄的節日氣氛，直如一個廣東羊肉鍋，有愛美的女人就像有火苗在下面燒着，沸騰的肉汁上不住冒出新鮮的泡泡，欲望的香氣撲面而來。哪一位太太走進花布街，不抱個滿懷才離開？花布的新料子美不勝收，每一種都可以變出陳寶珠的斜襟唐衫和蕭芳芳的西式百褶裙。大葉碎花圓點斜紋，一攤開盡是風景。但祖父堅持只賣呢絨，他相信

一碼絨就抵得上十碼花布。可他從沒想到，一套西服可讓男人穿十年，而女人的衫裙卻須要天天變換。愈來愈繽紛的花布街，終於嘔出最後的藍色灰燼。祖父生意失敗，被逐離場。

我不曉得這頭家是怎樣潰散的，只記得自己離開花布街的時候，從未想到再回去時已經是二十多年後。哥哥們離開不久，他們把我也送走了。一同走的，還有爸爸和庶祖母。爸爸到別處打工去了，對我來說，他下落不明。庶祖母和我一同給送往離島過日子，因為那兒生活費可以少一點。數年後，曾經一同住在花布街的十幾個人，散的散，死的死，大概只有小貓魂魄那未成音調的呻吟，仍留在天台的大水桶裏，見證整條街的樓房給逐一拉下。

祖父可以說是逃離花布街的，他欠了債，躲到澳門去了。數年後他回港時，大伯父、姑父和爸爸相繼成了街頭小販，過着日曬雨淋勉強餬口的日子。祖母勞累依舊，做飯洗衣，沒完沒了，一次搓麻將時暈倒，再沒醒來。花布街店上的每一個人，都變得貧窮而蒼老。庶祖母為了財富，成了祖父的妾侍，但她最後得到的只是一個欠債的老人。晚年的祖父隨和多了，容貌漸漸清晰。他當了木匠，為伯父手造擴聲器的木

箱，讓他拿去賣，養活自己。我婚後每逢去看他，他都會送給我一些精心製造的小木槍。那是專門為我的兒子做的：槍柄纏着白藤，木料磨得淨滑，拿在手上很有感覺。但是我孩子不肯拿來玩，因為它們既不會發聲，也無法射出甚麼。

最後的三十年，祖父委頓寡言，說話的力度蕩然無存。他彷彿也變成了一匹黑色的絨布，向內捲疊，打不開也攤不直，受潮的指尖還追求着布架子上木質的安慰。生命從不解說自己的形狀，祖父對過去也隻字不提，好像已經忘記了一切。我呢，反而繼承了他的固執，一直把他鎖定在花布街店子的中央，讓他孤獨地站在那吱吱作響的大吊扇下，繼續扮演專橫負心且不愛孩子的老人，不肯讓他隨着我們走進眼前的現實。終於，他往另一個方向飄走了，走的時候柔和地掀動着的，不是歷歷分明的經緯，而是布片上許多細碎的花。歷史不二，感情卻可以思量。想着想着，我竟覺得自己原來也是很愛祖父的。因着父親、因着慈和的祖母和不時跟我說話的小伯父，也因着早已中年的兩位哥哥，我甚至能夠同情那個搶去我祖母丈夫的女人了。為甚麼可以這樣？大概因為我也走過了很多很多的路，距離那條街已經夠遠了。

雙層床

　　有一段很長的時間，父親與我住在一個租來的小房間，我睡雙層床的上鋪，他睡下格。那床是街頭買來的舊貨，支架搖動，沒有床板，只一串彈簧間架，承擔着破舊的棉被做褥子，夏天多鋪上一張蓆。家貧兼長期負債的日子，使父親心力交瘁，腰椎的軟骨墊子退化，經常扭傷腰部。但他和我一樣，對那張土黃色的雙層床，有着深厚的眷念。

　　父親給我買了一盞小燈，顏色不怎麼好看，淺淺的藏青，浮薄而刺眼；燈罩如覆轉的小小花盆，半蓋着燈泡；燈泡下是一個晾衣夾形狀的東西，方便你把它固定在床沿。現在偶然經過賣電器的鋪子，也還看得見這種小燈，不過我一定不會再買了。現在手頭寬綽了，甚麼都講素質和品味，我不幸已墜入中產階級挑剔勢利的塵網。

　　但我仍不禁在那店子前站了一會兒。我想起的，

不但有那一小片橢圓的黃色薄光，更有一段永遠不能
撲熄的時日。我的小燈買回來時就衣着一層薄薄的市
塵。父親在鴨寮街擺賣，自己也在鴨寮街買東西——只
三元，他滿足地說，還包括燈泡。夜裏他睡了，我就
亮着小燈看書。我的小天地無限舒適，腦後的枕頭已
經習慣了我頭骨的形狀，一床被褥也適應了我的姿勢與
體溫。透明的黃光蛋殼一樣保護着我，教我感到窗前
北風的號叫，已被擋在身外。父親偶然也打鼾，輕輕
的，不擾人，只教我感到很安全。從這如斯溫暖的地
方出發，我翻開書本如推開一扇門，就向無盡的天地滑
翔而去……

　　當我終於撲熄小燈，自想像的世界歸來，讓那被
燈暈熔穿了的黑暗一下子復合，我就會聽見自己轉身、
蓋被的聲音。年老的雙層牀吱吱搖響，算是一句晚
安。此時屋子裏的黑色，鑲起窗框裏湛藍的夜光，一
切思域旅行突然中斷於現實的回歸，我開始閉上眼睛。
父親的鼾聲均勻延續，是我最好的安慰。床底下偶有
雜響，我知道只是一隻熟悉的小老鼠在走動，很快便入
睡。

　　真的，在那漆油剝落、搖搖欲墜的懸空睡窩裏，
我從未失眠。

媽媽在與我們分開十六年後，終於能夠自內地來港的前幾天，我們的雙層床被拆掉。那一個晚上，我一生不會忘記。

那時候，媽媽人已抵達深圳，等候配額入境。我們知道，她三兩天後便能到達九龍。為此，父親得買一張全新的雙層床，讓母親有睡鋪。他挑了一張下層雙人、上鋪單人的全新鋼床，但沒有告訴我。床送來的那個下午，我在大學圖書館看書。說是自己用功，其實在陪我那位念醫科的男朋友預備考試。傍晚我跟他一起吃飯，飯後談到深夜，他才駕車把我送回家。

當我走過了許多板間的房間，終於推開自己屋子的木門時，不禁呆住了。

屋子裏已換了一張紅漆鋼床，上鋪稍窄，下鋪卻足有四英尺寬，佔去了大半個房間，床顯得很高，彷彿四隻腳特別長，原來全都站在一片紅磚上，床底的虛處於是好像膨脹起來。

床上還沒有被褥子，只有父親，躺在簇新的木床板上呻吟。

「爸爸！」我失聲呼喊，踢着地上猶暖的電鍋，才留意到一室都是凌亂的雜物。這混亂的圖像增添了我的恐慌，我仍只曉得喊着父親。

　　父親掙扎着告訴我，他從中午到晚上，一個人把舊床拆了，搬到梯口，又一個人把新床裝好。他還解釋説，為了彌補小床換大床失去的空間，他還得用磚頭把床腳墊起，好讓床底可以擺放多一點東西……安裝最後一片床板時，他以為一切都妥當了，一失手，床板滑落，他身子一側，就觸傷了腰骨。

　　「痛極了！」他説，「我很用勁才洗了幾顆米，蒸了香腸……你吃飯了吧？我……起不了床……」

　　我回頭看見只吃了數口的一碗飯和餘下的半條香腸，眼淚就成串落下。我怎能原諒自己呢？當父親勞累了一整天，讓那塊笨重的床板扯落到地上的時候，我在做着甚麼呢？讓一個男孩子捉住了手，坐在大學宿舍的露台上聊天！這幾小時，他等着我回來，劇痛中如何熬過了？我試着扶他起來，卻多次失敗了。無助地，我飛奔到電話旁邊。我那快將成為醫生的男朋友終於接聽了我求救的聲音，但他説太晚了，不肯來。我聲淚俱下地懇求着，最後甚至發火了，他才勉強答應出現，出現時一臉不耐煩。

　　當我們非常吃力地扶着父親走下拐了彎的樓梯，看着爸爸額上因劇痛而冒出的汗粒，我就知道此刻我心裏最愛的是誰。與此同時，一段年輕的感情亦隨着

父親的呻吟逐漸消失在樓梯的彎角。我將來終生相依的丈夫，怎可能就是這個不扶傷病、對老人家完全沒有愛心的人呢？

到了醫院，醫生說，父親得在那裏至少躺一兩星期。事後我對男朋友禮貌地說了句「謝謝」，就像個生疏的同學。我決心自惑人的戀愛離去，找尋自己的感情出路。這一晚，我一個人睡在父親為媽媽新買回來的雙層床上，大聲為自己的罪咎哭泣。我像忽然才看見了父母之間的愛情。十六年的分別，將由我身下這張雙層床奇跡地縫合；但我自己，則亦打自這裏清晰地感到那人對我的所謂關懷，所謂愛慕，不外他年輕時代的一種華麗裝飾，可有可無地算不得甚麼。

果然，我倆日漸疏淡。

不久父親康復了，母親亦已來港與我們團聚。每夜我依舊爬到床的上格。比起舊床，我這半空的獨立天地寬敞了許多。然而我已不再像少年時代那麼容易入睡了。夜半時分，窗外的碎燈撒落到我的眼眶裏，散開了，迷糊了，又再清晰。我長大了，終於不再以為樓下的車聲就是他的「小甲蟲」爬過海底隧道來找我，卻同時開始勇敢地正面想念他，那個我以為自己曾經深愛的人。

　　我問自己，為甚麼許多密切的人和事，竟可以一天散佚到不同的角落，終一生而不復相見；我想念兩個曾經同行的人，如何在不透明的歲月的兩鬢平行地成長，成家，然後老去⋯⋯

　　只有一件事使我安心。父親和母親，就睡在下層，一同把我撐起，教我感受到生命的高度。他們支持我，永不背棄我。更重要的是，他們用自己的故事告訴我：有一種愛是永恆的，說不定我也能找到。

　　說不定我真的能找到。

　　我這麼想着，果然就入睡了。

閒話針線

　　毛衣項背位置破了洞，我找出針線來縫補。太馬虎了，本該用原裝毛冷修理的，我只用了近色棉線；修好後，毛衣上多了一個小疙瘩，就像孩子膝蓋上浮起的傷疤。可是，當我一下一下拉動那條線，看着那個洞漸漸變小、消失，巨大的滿足還是油然而生：我心愛的毛衣又完整了。那象徵着所有的傷口都可以在一種溫柔善良的拉拉扯扯中癒合，生活最後還是美滿的，起碼撕裂之處從此不必繼續張大、流血，只要我們願意。

　　我們這一代人，從小用針；我大概是同年女子中最差勁的了。我媽媽是女紅高手，能夠一針一針地把碎布縫製成衣服，連棉襖都會衲。我幼年住在大陸，家裏窮，每個人身上的衣服都修過補過。那段日子，補釘從來不是讓人慚愧的理由，壞手工才是。小針如此，大針也一樣。小毛衣隨着我的年齡給媽媽拆了又打、打了又拆，多次變樣，用的還是那些老毛線。小

木棒細細敲打，發出鈍厚而和平的輕擊，感覺就像臨睡時聽見老時鐘在偷練步操。縫補和編織，都是媽媽身上閃閃發亮的飾物，珠寶鑽石無法媲美。

上了中學，我終於在家政課裏學會了媽媽常用的幾個針步。第一個叫做「走針」，老師要我們背誦的是英語 running stitch。那是最簡單的針步：它懶得很，只從布底下鑽到面上來又再鑽下去，像海豚在水平面滑行一樣，一時露出頭背，一時潛入水中，不斷往前。媽媽說，用那種方法前進得最快，可是成果不穩，誰拿住線頭一拉，線和布一下子就要完全分離，只留下一行粗糙的針孔。因此媽媽只會在最不重要的東西上才用這個針步，例如在最後縫線之前把摺痕暫時固定之際，走針才派上用場。不過，用走針還是要走得細、走得密、走得自然，否則會很難看。媽媽的手因過多的家務變得粗糙，指頭肥大，可是她的走針實在細緻精美，像公路上的白色虛線，勻稱活潑，又像給大風吹成鱗片一樣的高天雲，秩序井然。最後一針完成了，媽媽還總要在原位上回頭多扎幾針，最後更加上一個牢牢的、藏在布底下的結，以防多手的小孩子見線就拉，拉去她全部的心血。

但我卻不是她的精品。我像她的手指，粗枝大

葉，是母親對我的描述：一拉就倒，一拉就空心，她說，因此一定要找個小心謹慎的人來照顧我。

走針不穩，「回針」就好得多了。老師說回針叫做 back stitch。小海豚偶爾也會往後翻一個筋斗，回到原來的位置，再潛入水底往前游，游些許又往後翻，這就是回針。針從布面拉出，往後退，再扎到布上，然後在底部前進，明修棧道，暗渡陳倉，於你不在意的時候以退為進，正是回針的精髓。回針是十拿九穩的針步，怎樣拉扯都不會散碎，只會越拉越緊。把手一翻，只見衣布底部的回針重重疊疊，露出了步步為營、小心翼翼的底蘊，好像拾荒老人一步一回頭，整個人生都在不斷回顧中重複交疊，每一片紙皮都不放過，每一件小事都記得清楚，哭過的可以再哭，笑過的可以變成另一種哭的緣由。但從表面上看，回針和走針無異：從容、舒爽，以輕快的步速行進，使人如沐春風。誰認識它深沉的思慮？誰知道它藏起的不安？母親就是這樣的一個人，談笑風生，話語中帶點幽默，甚至暗藏點滴的優越感，但她的焦慮既深且多，讓她無法好好睡覺。做過右派，熬過文革，與丈夫分離十多年後再重新適應共同生活和長大了的女兒——人生前路變化無常，無法不謹小慎微地一步一回頭。是的，母親總是

在思考，在偷偷回望自己的過去，在暗暗評價自己的表現。原來「回針」也不能真的用力拉扯，一拉，就把布給扯皺了。母親的思緒也不容許誰來拉，連爸爸都不行，連她自己都不可以。

媽媽沒教我用「鎖邊針」，那是我在小學時細心研究如何「開鈕門」之際，反覆「悟」出來的。後來老師告訴我們那個叫做 blanket stitch（毯針），毯針就是地毯邊邊上那些直角的針步。這個譯名，是我胡謅的，中文字典辭書叫那做「毯邊鎖縫針」。當時我連地毯都沒見過，見過的話就不難想像了：布邊上一針扣住一針，把直線扯成轉彎的針步。開鈕門真是高深學問。既然要在衣襟上剪洞，切口將散欲散的，就得補救——何況我們是故意剪開這個缺口的呢？針步都完成後，散亂終必變成了圖案：鈕門和扣子，像好看的微笑，和白珍珠色的牙齒，一扣合馬上成為臉上最明亮的焦點。

人長大了，故意和某些本該相連的人分開一下，為的是捧出一個比平凡衣料更美麗的扣子。某些人我能夠愛，但不能太接近。一旦過分親暱，就無法繼續愛了。哪個香港人沒想過自己對中國的愛是怎樣磨蝕的呢？愛同胞容易，愛中國更容易，但愛吐痰的路人卻非常地難，愛那些輕看廣東話的北方老兄非常非常難，

愛那些在地鐵車廂裏小便吃東西最後破口罵人的「鄰舍」最最困難。從概念到經歷，我們若學會剪開、流血、療傷、復原和對話，各退一步，讓出對望的距離，面對面地懷念對方，中間的空，就能夠容納把衣襟兩邊緊緊扣連的鈕扣。「鎖邊」，大概就是不再袒露傷口，不再人身攻擊、不再胡說八道的意思吧。

　　母親去世幾年了。她臨終時，我在她耳朵邊說，媽媽，我們會相親相愛，您放心走吧。這是極難履行的承諾，但我們都很努力去做。她病重時，我們姐弟三人為治療方法就大大地吵過。就在神醫和西醫之間、隱瞞病情與坦誠相告之交叉點上，我們一一都跌落意氣之爭的黑洞裏，走不出來，乖離了愛母親的本意。如今數載過去，我們才開始修補那幅本來美不勝收的手足之圖。可是，就好像密密麻麻的十字繡，全靠微不足道的小針步組成，任何一針都只會刺下、刺下、再刺下，拉扯、拉扯、再拉扯，一言一語，盡都是艱難的點畫法，如同清明小雨帶來的微痛觸感，向着某種視野進發，卻無論做多少，都只略見眉目。但日子有功，漸漸，姐弟之間一起旅行，吃東西，打撲克牌，碰到甚麼都哈哈大笑，大夥兒又回到了小時候的親密之中。因為無聊，所以胡說，因為好奇，所以八道。拿着飯碗

胡說八道模糊了分歧的過去。《聖經》早就明言：愛裏
沒有懼怕，我們終於克服了各自成長帶來的恐懼。最
後的針步完成，十字繡鮮明潔亮；兄弟之愛不像愛情浪
漫動人，自然也沒有愛情的狂喜和悲哀。中國刺繡太
生動，我還是喜歡西方十字繡那種略覺呆滯但穩定和平
的喜悅感。像修拉掛在大英美術館的那張畫，無數的
小點已經渾融成一體，結合成信息。

　　拿起一根針，總會想起《聖經》的警告：有些人
要獲得救恩，就像讓駱駝穿過針孔一樣困難。但針的
大小和針孔的寬度是由上帝決定的，我並不擔心。在
祂的大手裏，若祂願意，莫說駱駝，恐龍也走得過。
我們這群駱駝隊串成的長線，原來還一直留在針孔的
中央，向着一邊走。那是一條隧道，光在一頭呼喚。
我們一代跟着一代緩慢地移動。我問父親信不信冥冥
中有主宰。他説他信。那就是天父手中的針所帶動的
一小步。我們看不見的全景，畢竟自己已於扯動時的
張力中前移了。我繼續和他一起打機──他打他的平
板電腦，我打我的智能電話，一面説着關乎生死的閒
話。電視機的聲浪裏，我們的針步緩慢地加增。加
油，爸爸，您一定要走到針孔的那一頭，走進永恆的
大光裏。

蝦子香

　　情人節前夕，孩子們深夜未睡，對着烤箱嘰嘰喳喳，姐弟倆在做小杯子巧克力糖，又炮製了一個軟軟的穆斯蛋糕。我在旁點數着那些精心設計的愛的禮物，讚口不絕，心情卻開始淪陷。寂寞像黃昏漲潮，水色模糊且散發着一點點酸澀，一浪高似一浪地湧過來。沙灘上可以立足而不給弄濕的地方已經所餘無幾了，即使睡到床上，那深褐色的香仍追着我的鼻子來咬。

　　情人節下午，大學裏人聲開始減少。如果我是大學生，為了情人今天也會冒死蹺課。此刻，一個人坐在辦公室裏聽鍵盤嘀咕不絕，難過死了。看看手錶，五點半，爸爸他老人家那邊工人也許還沒做飯。我打電話給他：「要不要去吃餛飩麵？」他很高興，爽快地答應了。我從座位跳起來，一連貯存了幾個檔案，狠心把電腦關上，忽然給截斷了的思路只好留在它自己的記憶系統裏。幾份工作張着大口驚呼，好像要把我

吃掉似的。手指按了「關機」，又按「取消」，如是者幾次，才把電腦的纏繞幹掉。太早離開辦公室，很不習慣。截了一輛的士，趕到父親家裏去。他又在玩網上遊戲了。電腦技師曾對我說：「Uncle 的電玩技術已經出神入化，若有分齡賽，一定拿冠軍。」

一年多前，母親病重，父親一天到晚打機，如今剩下他一人，打機仍是生活的主項。那時是為了逃避現實，今天是為了消磨時間。母親身體一向很不好，血壓過高，體力太低，胃痛頭疼坐骨神經發炎無日無之，臥床看書的時候多。如果那天媽媽的體力許可，爸爸就會帶她上街吃喝，從蒸蝦炒蟹到煎餅炸雞都大口大口地吞，兩人從不理會醫生的警告。媽須要每天服用降血壓丸和利尿的西藥，但只要能夠和父親上街，她就很快樂，甚麼都不管了。他倆從元朗吃到赤柱，從山頂吃到西貢，回到家裏不斷評頭品足，是一流食家。然後，媽媽忽然知道患上了胰臟癌。起初以為只是胃痛，照了胃鏡說一點事都沒有，吃的事業繼續，直到後來一吃就吐。在她生命的最後幾個月裏，她甚麼都吃不下了，即使在餓得不得了的時候，最多只可以接納一調羹煮爛了的米粉。醫生一直以來擔心的與高膽固醇相關的病痛，例如中風和心臟病，沒怎麼打擾她；奪去

她性命的是叫她吃不下的癌細胞。

此事之前，我不時教訓爸媽：「你們太任性了，老人家怎麼能亂吃東西呢？你們的菜得減點鹽，太鹹的話，媽媽的腳又要腫了……」爸媽也不跟我爭論，只繼續到處尋訪出色的食肆。找到了，即時就打電話給我，媽媽的聲音總是那麼興奮：「青兒，我們在元朗喝茶，味道好極了！你來不來？」每次接到這樣的電話，我都不免生氣，心裏怪她：「難道她不知道早上十一點是我的上班時間嗎？怎能說來就來呢？你倆退休了到處玩玩兒如果都要我參加，我哪來薪水供養你們？」現在，再沒有人打這樣的電話給我了，耳朵空空的、癢癢的，輪到我對孩子們說話：「晚上回家吃飯嗎？」孩子的電話卻用「請留言」的信息封上了。回覆的時候，早已過了晚飯時間。

晚飯是我們唯一能夠陪伴爸爸的時間。媽媽走的時候，連晚飯都沒吃。最後一次我們送她進醫院，她腹痛難當。醫生說她的腸胃組織已經在裏面壞死。在她白淨滑溜的臉頰上，出現了對稱的兩點紅痣，反為她添上了一點血色。醫生說：「那是血管增生，說明令堂已經病入膏肓，你們準備後事吧。」那天我買了菜乾粥餵她，她只吃了兩小口。這段日子，每次媽媽吞下一

點一滴的流質營養，我們都會感到興奮，好像她又有了
起色、有了復原的希望了。那當然只是空想。媽媽吃
下的這最後一點粥，只能在她腐爛的食道止步。但這
幾匙稀飯，注定要黏在我餘生的喉頭上，無法吞下，也
難以吐出。

　　母親昏迷了八天才離開人世。是吃了粥那天的
晚上慢慢不省人事的。媽仍醒時，弟弟在她床邊，不
願離開，但媽媽說他礙着她看連續劇。那劇集正好在
說李時珍的故事。李時珍是我國名醫，甚麼病都治得
好。不知媽媽看了有甚麼感想，只知道她從此再沒有
機會跟我們說話了。

　　喪事完了，那個虛構的神醫故事還在播。爸爸空
洞的眼睛流落在自己噴出的煙圈裏，好像一直無法到達
一臂之遙的畫面。不過，還好，爸吃得下。媽媽逝世
的前兩天，醫生來巡房，爸爸從街上回來，竟帶着一
個烤番薯，頓時滿房清香，無數童年的記憶一下子散
了一地。爸爸找來了一張小刀，把甜薯切開。裏面是
冒煙的金色薯肉，汁液溶溶，柔軟而溫熱。他把一片
遞給醫生，硬要他吃。那好心腸的醫生也真的接過，
說了句「多謝世伯」就放進口裏吃了。弟弟和我也吃了
一點。我們不知道自己為甚麼還吃得下，但我們真的

吃了。事後醫生把我拉到病房外面說：「世伯也要服藥了。」我一點意外的感覺都沒有，只答應着：「好的，請給他開方子。」醫生就給他開了抗抑鬱藥。他說：「未來的半年，你要好好看住他。」我哭了。

　　往後的幾個月，爸爸瘦了十幾磅，但還是頗能夠吃，為甚麼瘦，沒有人明白。抗抑鬱藥他偷偷扔掉了，沒告訴我們。為了「看住」他，我們一家天天在他那邊吃晚飯。爸爸的晚餐總給人過分蕪雜的感覺，太「豐富」了，吃不完，第二天還得吃。鹹蛋、臘腸、麵豉、醃魚不缺，青菜倒是不夠的。每天下午，我們都嚴詞吩咐孩子絕對不可遲到。遲幾分鐘，爸爸的臉就要轉黑。好多次，我們默默地吃着飯，看他把最鹹的東西一口一口吞下，飯後還站在窗口連抽了兩支煙。未幾，孩子們面有難色地開口了：「媽媽，我今天晚上要去練游泳，不到公公家裏吃飯了。」女兒跑了。「媽媽，我趕功課，不到公公那邊吃飯了。」兒子也逃了。但與爸爸吃完晚飯回到家裏，我卻看見兒子一個人在煮超級市場買來的餃子。很明顯，孩子們害怕把死亡和吃連結在一起的飯桌。

　　一天我跟爸爸說，我們會隔一天才來吃晚飯了。說這話之前，我頗為膽怯，怕自己落井下石，掙扎了

好久才開口。沒想到爸爸很爽快地説了一聲好,聲調裏還出人意表地頗有點歡快。往後的幾個星期,不到他那邊吃飯的晚上,心情總是忐忑不安的。我禁不住想像他一個人胡亂把東西塞進口裏,一整個晚上不説半句話的樣子。可是,出乎意料,爸爸的情緒竟然漸漸好起來。我們到訪的晚上,他不是買了羊肉,就是開了汽爐吃火鍋,最教我興奮的是潮州凍蟹(其實我爸是中山人)。有時還跟我們一起包餃子,弄得一身都是麵粉。振榮和我見他心情復原了都很高興,但大惑不解。「也許他也需要一點空間。人總不能熱熱鬧鬧地傷心。」振榮説。

可不是?但傷心過後,又需要熱鬧熱鬧了。那天我們做了很多餃子,有白菜豬肉、韭菜豬肉、白菜牛肉和韭菜牛肉。吃的時候連自己也覺得好笑,煮過之後味道根本分不開來。我只吃得出那一幕一幕的細節:振榮擀麵,弄到手臂抽筋,要塗藥膏,爸爸笨拙地把餃子皮黏在一起,根本捏不出餃子的形狀,還胡説那是「角仔餃」、「公仔餃」,他又沒有耐心,才包十分鐘就要去打機,打半小時不好意思了,又出來看我們勞碌,高聲取笑我們笨拙的動作。女兒帶來了數碼照相機,用滿是麵粉的手指拍了好多照片,説要讓公公在電腦熒屏

上慢慢看。

從那時起，爸爸的體重回升了。飯後，他按時提供功夫茶、削皮水果、鹹脆花生、各色瓜子、甘草檸檬和番薯糖水。我們手口並用地把英偉自信的吳王夫差、說話噴口水的勾踐和木無表情的西施一起吞下肚子裏，飽足地度過許多平常的晚上。然後——情人節來了，我約他去老遠的地方吃餛飩麵。那是媽媽生前吃過並且讚口不絕的。

那兒的餛飩是真的好吃。平時在一般麵店吃得到的餛飩都很大，裏面只有兩隻肥脹的雪蝦，看了未吃先飽。媽媽最討厭這樣的餛飩。這裏的可是小得很的，裏面有一點點鮮蝦和豬肉，非常地香。爸爸把調羹從小小的碗裏拿起，遞到我鼻子前讓我細看。「你說的香味，看，來自這些小小的黑點。」我說：「是蝦子啦。」爸爸點點頭。侍應生看見他已經吃完了麵，就來收碗。爸爸說：「我還要的。」說完就舀起那剩餘的蝦子湯一口一口地品嘗。

過了一會，爸爸又叫了一碗豬手麵，接着還吃了甜品和糖水。我有點擔心。老人家一頓怎能吃這麼多？振榮小聲說：「你別管他，他開心就好。」飯後，一家幾口乘計程車回到屋苑，振榮說要讓車子把爸爸

送到家門。我說：「不用了，吃了這許多東西，爸爸得走點路。」爸爸同意：「就是。」我看着他搖搖晃晃的背影消失在春節燈飾的彩光中，心裏分不清是開心還是難過。我胡亂對振榮說：「今天是情人節呢。」振榮也隨便回答：「是呀，我們也算是去 wet 過了。想不到今天晚上那小麵店還有位子。」看來情人們都不想在麵店中過節，管你的麵做得多好吃。

我倆很慢很慢地踱步。孩子們大概仍在外頭甜甜蜜蜜，實在不用急着回家。沒想到，原來兒子已經先回來了。他一看見我們，馬上從冰箱拿出一小片穆斯蛋糕，說：「這是特別留給你們的。同學說我做得不錯呢。」我們本來已經很飽，但還是拿過了他遞來的小碟子。我小口小口地吃着，真的，好吃極了。這時，大門打開，女兒也回家了；還未放下背包，就跑到雪櫃，從裏面找來幾顆小小的巧克力，送到我們的嘴邊來——咦，那不是做給男朋友的嗎？

餛飩湯的蝦子香仍在齒間徘徊，如今巧克力的奶油甜又要來接力了。我忽然想起了媽媽和爸爸的饞，熱淚盈眶。昨天夜裏從烤箱源源溢出的，又豈止一個甜蜜的節日呢。

四個小朋友

京奧那年，朋友外遊，把他家的英國短毛「豬油包」放在我們家兩周，我們一下子驚覺自己非常喜歡貓。訪客歸家後，我們家陸續來了四個毛毛小友，他們就是豆粉和豉油、咖哩和Ashley。

時值美國總統競選，奧巴馬最後要和麥凱恩對決。豆粉和豉油就是那時來的。他們是雙生子，由上環流浪貓義工贈送。兩位手掌大的小友，一是金黃色的，另一則全身灰黑色紋理，我們想過把他們叫做麥凱恩和奧巴馬。一家人開了幾次會，最後決定金黃色的叫豆粉，灰黑色叫豉油。

未幾，我們在愛護動物協會找到了另一小子，送到父親家裏養。母親去世後，父親孤獨，只有印傭姐姐相伴。印傭和老人同樣寂寞。有了這新來的小貓，兩人的日子很快就明亮起來。那小貓和豆粉豉油一樣年紀，老爸順着我們的「傳統」為他起名咖哩。

　　後來父親搬到有陽台的新房子，怕咖哩墮樓，於是命我們收養他。咖哩來了，馬上成為新的領導班子，橫行無忌。不久，Ashley加入。她為何那麼特別，竟然用英文名？洋名不是我起的，賜名者是她原來的主人。他們是我家鄰居，有一個小女兒，如今又添了一個小兒子。兒子出生後，Ashley很嫉妒，在他的BB床上撒尿。她媽媽忍無可忍，命她爸爸帶過來做養女，說既然你們已經收養三小子，不如再加個小姑娘吧。Ashley比三小子年長一歲，今秋已經十歲了，三小子則才九歲。

　　四個貓貓來了之後，我們一家的生活自然起了巨大變化。振榮和我，還有女兒和小兒子整天都變得貓聲貓氣的，用卡通人物的語調說話。許多時，我們一人捉住一隻無辜的貓來舞弄，胡亂代他/她念台詞。漸漸，他們的名字變了，也更固定下來。豆粉如今叫做粉仔。豉油叫做油仔，後來又變成柚仔，最後定型為柚子。咖哩暱稱哩哩，Ashley則漸漸成了莉莉。哩哩二字陰平聲，莉莉則一陰一陽，小傢伙從未聽錯。

　　粉仔是很神經質的，任何輕微的聲音都能把他嚇得跳起來，就是平時也會無緣無故地彈跳一下，如同驚弓之鳥。他深愛弟弟柚子，無論自己如何害怕都要

保護他。初時我們每次抱起粉仔，都覺得他在不停顫抖、輕聲求饒，一副寄人籬下的可憐小男孩樣子。可能在街頭流浪過幾個月，對他來說，一切都是危險的。粉仔眼睛大而微翹，有明顯的雙眼皮，像猶太人那樣鼻子長長的很有性格，手掌肉和鼻尖則都是輕淺的粉紅色，俊俏非常。我小兒子叫他做「金色小貓」。金色小貓睡得不好，我們甚是擔憂，幸好他和柚子一起睡覺時會比較穩定，雖然他每一覺都睡不長。振榮後來天天訓練他，逐漸加長他「被抱」的時間，後來索性抱住他讓他入睡。他在振榮臂彎睡着的時候，大家都要躡手躡足，不可把他吵醒。未幾，振榮更訓練他「吻」一下自己的下巴才容他離開。於是，每次他想去玩，必大叫一聲，振榮也「嗯」地應答了，他才可以用舌頭舔舔振榮的下巴，表示要離開。粉仔就這樣成了我們最寵愛的小男孩。

一天，他忽然大大地抽搐起來，把我們嚇個半死。醫生說那是貓貓常見的現象。但是，真是常見的嗎？我們不大肯定。以後又發生過幾次，每次我們都束手無策，只能撫摸他，安慰他，直到那一次的發作完結。我們都很心痛。後來更知道他的腎臟也不好，要吃特別的貓糧。可惜每次餵他，他都會跑去別的貓貓

的碗那兒吃原來的糧，而別的貓貓卻喜歡吃他的。隔籬飯香，在貓貓世界也一樣真實。

柚子是女兒雋雋最喜歡的，因為他甚麼都不懂，而且有內斜視，即是有我們廣東人所說的「鬥雞眼」：每逢他發呆，兩個眼珠指向自己的嘴巴，樣子必定變得甚是笨蛋。粉仔做甚麼，他就跟着做，動作不協調，而且慢半拍。他們小時候我拿個玩具跟他們玩，粉仔會去追繩子、撲光點，但柚子則因為看見哥哥在做，才應酬着做幾回。人家跳完了，他才開始跳，也不大知道自己為甚麼要跳。女兒最喜歡抱着他坐在沙發上看電視。他給捉住時會大叫幾聲，貌似掙扎，但不一會，就會「認命」地、硬生生地仰臥在女兒的臂彎上，很安樂地「凝固」住了。此時，他的尾巴會捲起來，像「士的」的扶手位置，這表示他很開心。未幾，我們還會看到他把舌頭伸出來，真是萬墨叢中一點紅，十分有趣。正因為這個柚子不操心任何事情，所以長得特別高大，又因運動不足，皮膚鬆弛，一躺下就佔地甚廣，我叫他做「幅員廣大柚」。他雖然面積廣闊，但聲音特別高，是清脆純淨的童音，可以參加維也納兒童合唱團做最出色的獨唱者。這個奇異的矛盾使得柚子特別可愛。

哩哩是我們家裏頭腦最聰明、肌肉最強、長得最

英俊的貓貓。何謂英俊？就是說他的眼睛距離、鼻子長度、嘴巴寬度和眉眼形狀都合乎黃金比例，像個韓國明星。聽說他給遺棄過不止一次，在愛護動物協會的時候，名叫 Ryan Baby。我們覺得那名字很做作，就沒用。他在我父親家裏時，非常怕人，只肯和老爸及印尼姐姐在一起。印尼姐姐常給他洗澡，天天和他玩。冬天，他會蹲在我爸的大腿上，睡在姐姐的床上。可惜他頑皮得緊，常常爬到窗外，站在十八樓的花槽裏看風景。老爸和姐姐給嚇得手都抖了，不知是否該伸手把他抱回來，只怕他掙扎時掉下去。我告訴老爸要裝網子，他不同意。後來窗子只能打開一道縫。爸爸換了新房子之後，一個不小的陽台在十八樓大大地張開，爸爸不敢冒險，於是我們把哩哩帶到家裏來。此時，粉仔和柚子兩兄弟怕得要死，哩哩又何嘗不是？粉仔和他躲在不同的沙發底各自吼叫、彼此察看，只有柚子完全不知發生了甚麼，因為只要跟在身形小得多的哥哥身邊他就感到安全。結果如何？當然是哩哩大勝。貓貓磨合有時要用上半年，有時過了一生都不能共處，但有時三天就好了。強弱懸殊的時候，磨合其實就不是磨合，是弄清楚君臣關係。沒幾天，哩哩成了家裏的大王，粉仔和柚子要用舌頭給他舐毛。

不過，哩哩的霸道沒令他的魅力減少。他的智力是超班的，會聽人說話不止，還懂得和人對話。一次，我和他一起看窗外的鴿子。他的下顎急促地震動，那是貓看見鳥時的自然反應。我說：哩哩，有雀雀啊。哩哩喵的一聲，似乎在應答。我再說了一遍，他又應答。第三第四次一樣回答我。從此，我知道他聽懂了我的話。每逢他誠懇地站在飯碗前靜候，我就會問他：「要吃飯嗎？」他看着我，有時會回答一聲喵。我最驚訝的一次，是我用手指指着貓糧的盒子，他竟然順着我的手指看過去──不是吧？這需要很高的智力啊！一般聰明貓貓會開門，哩哩當然也會，但他更是懂得看人的「眉頭眼額」的，誰疼他，誰準備罵他，誰洞悉他的劣行，他統統知道。哩哩確實聰明，但他害怕陌生人的程度，叫我感到驚訝。他竟然會拚命打開我的衣櫥，在陌生人叩門之後、進來之前把自己藏進去，多次如此。女兒給他起的名字可多了，一時叫「豬小肥」，一時喚他「韌肉哩」。要知道，貓貓一旦洗澡，就顯出真實的身形來。哩哩洗澡時竟然一樣滿身肌肉，完全不「收縮」，強韌得很。不過，哩哩的死敵終於出現了。

楚楚可憐的Ashley──莉莉是由她「爸爸」帶來

的。灰白二色的英國短毛，皺着的眉頭，四蹄踏雪而沒有大腳掌，走起路來如同穿着高跟鞋一樣婀娜多姿，尾巴鬆鬆的像松鼠，漂亮極了，她讓我想起友人的豬油包小姐。以前Ashley的「爸爸」（我們右面的鄰居）多次帶她過來玩，她都很開心，但這一次是離別，她竟然感覺到了。「爸爸」離開時，她眼睛流下了兩行淚。她哭了。我們一家很訝異了，原來貓是會哭的。後來再見她哭，每次我都心如刀割。她最大的優點和盲點，就是她一直都以為自己是人，而三小子是貓。哩哩很清楚自己是貓，而且喜歡這個身分。他是我們家的貓王；但Ashley因為以為自己是人，所以無論長得多麼矮，她都誤信自己是高於哩哩的。因此，她雖然打不過他，還是歧視他。哩哩要一起玩，要所有貓貓服從他。可惜這夢想一直無法實現，因為莉莉根本不理他。於是他一時見她就愛、一時見她就打。愛她，因為她是家裏唯一的女孩子。打她，因為振榮和我痛惜她。為甚麼特別痛惜她？除了因為她會哭，還因為她會撒嬌，除了因為她會撒嬌，還因為她長年累月受鼻敏感和鼻竇炎折磨，常要服藥。醫生說她的病無法治癒，英國短毛的身體就是那樣的了。不過，這都不是主因，主因是她確實以為自己是我們的小女兒。我們

每次去旅行，她都坐在我們的旅行箱子上，試圖阻止我們出門。我們十幾天後回來了，她別過臉，兩三天不理睬我們。我們抱起她，一面笑，一面難受。Ashley錯誤的自我形象使她堅持坐人坐的椅子，睡人睡的床。我們吃飯，搬好椅子時，她第一時間霸着其中一把。但你怎能告訴一隻貓她不是人呢？於是我們只好由得她了。這個女兒好，不會嫁給甚麼「假想敵」，或可以多陪我們幾年。

貓貓，我愛你們，每一個都愛。

看着小貓老去

　　中學時讀英國文學，作品中最常見的歎息是人生短暫、歲月匆匆，少年之光芒華美稍縱即逝。這「稍縱即逝」有意思。我問：不縱又如何？捉得住嗎？中年細讀唐詩宋詞，情貌相似，體會更深。洋人不敢看自己老去，上厚厚濃妝掩其乾癟無牙之貌，結果弄巧反拙，形如殭屍，非常可怕。往日中國人視年老為智慧的高峰，認為家有一老，如有一寶。老人稍得安慰之餘，也還有點說話的地位，自信使他們慈祥，反見其美。但是，使漸漸變老的人最不安的，卻不是看着自己老，而是看着別人高速地衰退──變得行動遲緩，一臉皺皮，眼睛黯淡得像松香，眼黏膜外翻，鼻子上的皮膚因拉扯反見光滑。廣告說一條皺紋讓人老十年。我跟兒子說，那麼你媽媽已經千多歲了。他哈哈大笑，我卻悲從中來。這可愛的小兒子，怎麼已經變成大叔了？以前恨他太瘦，如今我有時叫他做「肥仔」。他尚只是

在慢慢變，家裏的幾個小貓的變化則觸目驚心。

我們家的小貓已經不再是「大叔」、「肥仔」了。該進駐伯伯、婆婆等營帳啦。小貓到我們家裏來，各有因由。小黃貓粉仔和小灰貓柚子是兄弟，初來長不盈掌、恐懼慌張，每每躲在沙發的縫中「避禍」。他們是貓義工從西環街頭撿來的，若沒撿起，他們就得喝溝渠的水過日子，相信早已不在人間了。短毛咖啡色小貓哩哩則是從愛護動物協會收養的，與黃、灰兄弟倆年紀一樣。艾殊莉莉則是被鄰居拋棄的小成貓，我們有幸得以收養她。她是唯一的女孩，比三個男孩大一年。一年，也就是貓貓的一整代了。因此她看不起他們，尤其因為她以為自己好歹都是矮小的人，而他們三個則只是高大的貓。

灰色的柚子如今已經離世。我倆那時在澳洲。女兒信息説，柚子最後住院之時，籠子外掛着一個牌子，上面寫着「幾乎完全失明」。我們此時才明白為何他十年來都掛着兩隻「鬥雞眼」，而且只會在別人跳起之後才學着跳，如同不懂取物，即使跳起也不用眼睛來看追蹤玩具。只怪他曾經用直覺拍死過好幾隻小飛蛾，我們從未意識到他不怎麼看得見。知道之後，心傷透了。他曾經那麼小，伸開小手指爪的時候，手掌

比前臂大很多，明顯地瘦。長大之後，他體形最有「質地」，鬥雞眼既圓且亮，毛色鮮美，肌肉柔軟，惹人喜愛，胖得有「幅員廣」之稱。我們覺得他在幾個小貓裏應該最長壽。朋友有貓需要輸血，我們一早就認定他最合適捐輸。他還有一副超美的男高音嗓子，叫聲圓潤而清亮，一開口，真是高不可攀。他身體看來很健康，只是智力似乎從未加強。慢慢地，我們接受了他的笨。每遇陌生人，柚子就「蟲行」躲閃，吃東西前要嗅好久，貓零食一概不吃，死板地只鍾情於一二種貓糧，食量也不大。他離去的時候，卻是因為患了脂肪肝。嬰孩時期，他從未頑皮；少年時代，他從不好鬥；中年到了，他日益廣大。就這樣，他的一生在我眼前一晃而去，不久之前他才出生，喝水時胡亂把手也放進水盤子裏。我在房間工作時，他會來打招呼。高音一起，我就知道他來了。我喚他，他就叫一聲，回應時音調較沉，好像大叫「媽咪」之後，很滿意我說「柚子真乖」，就細細再回我一聲說「梗係啦」，然後離去。怎麼一生就只有這十一年？暖暖的，會叫媽媽的，會做蘭花手的柚子，從未曾好好看過世界吧？每次記起他，我都熱淚盈眶。因為他病死時，我們不在香港，只有小兒子和女兒送他。

　　柚子走後，小哥哥粉仔很失落，他彷彿一下子老了一代，天天跟着哩哩轉，好像要看清楚哩哩是不是柚子。哩哩卻不理他，除非天氣冷得很。粉仔如今已經十二三歲，腦袋有點事，經常抽筋。柚子走後，粉仔一身金黃色的毛也越來越暗淡了。他站住時，一下一下地大幅度震抖，像患上了柏金遜症的老人家；用力抱住他，他的身體還是會不自覺地「跳」。他的眼睛積着咖啡色的眼垢，一點點聲音就能把他嚇壞。他要奔跑一輪才上廁所，一面跑一面叫，到廁所了，又不斷地移位，最後移離了沙盤才成事，弄得廁所十分臭。曾幾何時，小粉是我們的美少年，小兒子稱他為金色小貓。他特別愛玩小繩子，一條鞋帶就可以讓他樂上半天。可惜，他的童年只有幾個月，哩哩一來，他們二對一地對峙了幾天，然後小兄弟輸了。小子倆扭成一團扮「大隻」，卻仍膽小得很。最後，哩哩做了「大哥大」，隨時「兇」他們，「點」他們做事，他倆就要服侍他。未幾，柚子自己躲開了，好像小三自行藏到窮鄉去，只留下粉仔兩頭奔走。他得去給「大哥大」理順毛髮，又得去鼓勵小弟。有時他和弟弟睡成八卦圖，「大哥大」哩哩看見了，就走過去擠進兩個暖暖的身體中間，兄弟倆只好暫時「分離」。如今，哩哩還是霸道。他要粉仔繼續為

他「舔毛洗澡」，天冷時抓住他不放，天熱時一腳踢開他。到了這年紀，兩位伯伯都不怎麼愛玩了，就只一味睡覺，睡覺，再睡覺。我們家像老人院，人人有床位，卻不守本分，總要在別人的床上留下自己的體臭。日子久了，粉仔知道貓是靠不住的，他要追求更高的存在。我們對他好，於是他要我們抱抱和掃他的肚皮。爸爸一抱，他就睡着了。我們小兒子仍叫這位伯伯做BB，真有點不知所謂，卻又那麼理所當然。

哩哩雖然是「大哥大」，不講道理，但他很英俊，臉上五官可謂無懈可擊，該圓的圓，該亮的亮。眼珠子是綠色的，有若隱若現的雙眼皮。每逢肚子餓，他就會走到盤子旁邊，用百分百不亢不卑的誠懇眼光看着你，讓你打開食物盒。他若來抹你的腿，用其俊俏小頭兒「頂撞」你，就說明他有求於你。我曾和他就窗外的小鳥對話良久。我說「雀雀」，他就激烈擺動其鼠型尾巴，口齒狂震。他是眼明手快的傢伙，除了超大的肚腩，還沒有甚麼老態。他是個既要逞強，卻又膽小到極的東西，每次走進不熟悉的空間（例如我房間裏的洗手間）就要先行大叫，以求對方（若有）敗走。他能打開衣櫃、推動滑輪門，有機會的話，他一定要跳上高高的書架頂，然後在那裏耀武揚威。可惜最近他兩邊

臀部對稱地脫毛，要給他噴濕疹水。從前一點病痛都
沒有的哩哩，如今加入了家裏的大病房，頭罩天天戴，
本來勇武的小老頭要去扮圓領小丑，頗為可憐。冬天
到了，他也只好從善如流，給粉仔做貓肉暖包。我們
人類終日尋求的人生意義，對他來說，根本是個笑話。
他很清楚自己是貓，而貓有貓的想像疆界和尊嚴，不可
逾越。

　　在這方面搞不清楚的，就只有艾殊莉莉。她認為
自己是人類，絕不與貓為伍，來者必受她連環閃電車
輪手的擊打。她很「小姐」，身體也不好，鼻子小得像
卡通人物，側臉看起來像一個幼孩，十分可愛，但此
鼻用起來卻完全沒有該有的功能，只會發炎。她重複
發作的鼻竇炎使我們很氣餒。醫生老是開抗生素，她
不肯吃，用盡所有方法把藥丸吐出來。一旦吞了，肚
子不舒服，那就連飯都不吃了。一天，她鼻子嚴重堵
塞，連氣都吸不進了，就用力打噴嚏（她打噴嚏是自主
的）。她的噴嚏可以打一千個，要喝停她。那天，噴嚏
打多了，大量血液湧出，把我們嚇個半死。我們怕她
會窒息，就抱起她按着鼻子。這次不得已又帶她去見
醫生——真好，這位醫生竟然有辦法！他給了我們霧化
藥。只要把她放在一個舒舒服服的箱子裏，然後把藥

霧噴進去，像武俠片裏的人把迷暈香吹進房間那樣讓她慢慢吸進就可以了。結果，她愛上了箱子，鼻竇炎算是暫時好了。不過，她老了，醫生說她骨頭間的軟墊磨蝕了，跑跑跳跳會有點痛。我們也開始叫她做「小婆婆」。抱住她的時候，會突然想到她走的日子。到時我該怎麼辦？一個毛茸茸的會和你交流的小「人」兒，總有用眼神和你告別的一刻——只需想一想淚水就來了。將來我一定會記得給她抹鼻子的時刻。我先用棉花棒引導她打噴嚏，然後把她的長鼻涕「捲」出來的光景。她是英短，成了我的「外籍」小女兒。多年過去了，不知怎的，總會想到她身體變得冰冷僵硬，然後腐爛的時刻。今天，我抱住她唱《鳳閣恩仇未了情》時，她會用尾巴打拍子。只是這樣的時光不知剩下多少了。

看着小動物出生、長大，坡度很陡，因為不足一年，他們就都已經成年了。然後，就是用十多年看着他們變老和死亡。這就是他們的一生、他們在世上走過的全部的路。他們小時候滿屋子跑，如今靜寂得像幾幅掛畫不慎落在沙發上。

看着小貓們老去，驚心動魄。為了擺脫這種緊張，看電視吧。但看着本來貌美如花的石修米雪變成老公公老婆婆更使人心寒。晚上十二點還是少女宣萱

和葉璇在演愛情戲，第二天已是一眾記不住名字的新人了。

　　我為小貓黯然，也有誰正為我們的短暫而憂傷吧？說到灑脫這回事，也許沒有人類的份兒，遑論充滿愛的上帝了。

太子道上

生死有沒有定界？

　　這一輯說的都是香港的街道。目前我們很重視地景文學，六篇散文裏，除了〈彩店〉，都是真實的場景；也就是說，這些場景或大或小，卻總可以在當時當地找得到。現在也許有了變化，但當時確實大致如此，寫作時沒有從別的地方找補充資料。

　　〈彩店〉是例外的。有不少人問過我文字裏的彩店在哪裏。我只能說我寫的那一家店在港島西邊街。但是，文中的陽台，是我廣州老家的陽台。鴿子，是九龍天台屋養鴿人的鴿子。燒衣的地點？長洲，廣州，九龍我家後樓梯。至於文中的唐樓，就是我們在九龍舊區常見的唐樓。而我看見的紙紮人、紙紮汽車，那一天是在第一街附近看見的。

　　為何會這樣拼出一個店子來？因為這一篇不是地景文學作品。這裏面的地景都是大比喻。主題是：「既

然死亡永遠站在街角，無法避免，我們就該努力選擇活着，活出自覺的、用勁的、愉悅的、珍惜着對待每一刻的生命。」

　　彩店是死亡的進口，但打扮得很漂亮。無論金銀衣紙、紙紮娃娃和平日燒給先人菩薩的香燭，莫不紅得像血罌粟，斑斕得像生日蛋糕，金閃閃的充滿榮華富貴如意吉祥的信息。可是，死亡就潛伏在身邊，誰曉得此事何時發生？誰一開始就警覺了呢？第一段，我說母親拿衣服往陽台上曬，這樣一擱又是一年。一年很短，也可以說很長，但很少人會認真地思考一年時間提供的可能性。「擱」指的正是人總會推遲思索必臨的死亡，以為自己還有許多日子。

　　店子在等着，等有人死，它就有生意了。紮作是大生意，這是日常。過程裏的「我」，最後「看見」活人度日的地方：鴿子飛翔，牆漆剝落，晾曬中的衣服迎接陽光的溫暖，這也是日常。死亡的黑暗和掩飾，活人都應該看得透徹，應該點滴思量。也許，早在寫作之時，我就落在生死這兩頭拉扯的力量之中，而我已經決定選擇好好活着的這一頭了。

　　　　　　　　　　　　　　　胡燕青

太子道上

我們努力自貧窮走出來，又自覺地走回去。

1968年初秋，爸爸帶着我上了一部的士。我們家貧，少坐計程車。那天是要到一個不曉得怎樣去的地方——我剛考進的中學，聽說還是有點名氣的——去報到。爸爸說：「伊利沙伯。」司機一聲不響就開了車。過了一會，爸爸看着覺得有點不對勁，又說：「我們去伊利沙伯中學。」司機從往伊利沙伯醫院的路上折回，一邊埋怨道：「怎麼剛才不說清楚？」

第一天上學，自覺身分模糊，竟已有點懷才不遇的抑鬱。

車子沿着太子道拐進了洗衣街，在街口停下。我抬頭一看，眼前突然一片嫩青，天藍驟多，陽光像許多小鏡子在葉子間晃動，視野豁然開朗。太子道和洗衣街形成的東南直角上，出人意表地站着一個多樹的小山。一條影蔭風涼的柏油路，柔和地爬向山腰靜寂的世界。在這一段路上，我不知不覺地長高了，徹底離開了童年。

　　認識旺角，就知道鬧市中間確有桃源。當年的洗
衣街，街如其名，一聽就是瑣務粗活的、街坊得很；
學校對面店鋪紛陳，卻沒有成行成市的團隊商戶，「鬧」
得來有一種心甘情願的落後和胸無大志的安恬。伊中
立足於此。

　　拐彎走進太子道，風景截然不同。那邊的房子不
過數層，窗框漆成深綠，鋼材所造，窗台放着幾盆不大
打理的海棠，輕輕透發着一種沉潛的、務實而富泰的氣
韻。不錯，這一帶住的多是有錢人。夾在彌敦道和窩
打老道中間的這一二公里，是一截有意追不上世態的時
光隧道。太子道的確有點傳統王族的古怪氣質：衣著
老套、儀禮固執，大大落後於時代，眉宇間卻湧動着一
種巨大的潛力，一種使人愉悅的品味。

　　三十年前的彌敦道，已經具備國際都會的大氣
派，這巨大的南北主脈早把太子道甩在背後，若拿平行
的洗衣街與之相比，更顯出兩者的天壤之別。彌敦道
上購物焦點星羅棋布——路口守着新開的大大公司，不
遠就是瑞興永安，還有許多有名望的老字號：金飾店，
手錶行，洋服鋪，應有的都有。當日的凱聲電影院，
誰不認識？那時讀地理，說香港的市中心在中環和尖
沙咀，我可是不同意的。那時的旺角已經極「旺」，尖

沙咀卻還是樹影婆娑，除了火車站，人流可謂望塵莫及。我從伊中走到此地，每有「大鄉里」的感覺。至於獅子山腳的九龍塘，我也常去。一去替有錢人的孩子補習，二去《中國學生周報》所在的多實街遊逛。從伊中出發往東走，過了聖德勒撒聖堂左轉，又長又直的窩打老道就從獅子山側傾瀉而來，遠遠的前方是軍營，近近的右側是瑪利諾修院的紅磚古築。春天將盡，那兒有全九龍最美艷的杜鵑花，從純白到粉紅，從粉紅到桃脂，從桃脂到紫彤，一坡都是少女情懷，詩畫互呈，拂面而至，非借劉夢得筆下的「紫陌紅塵」，難以表述。九龍塘的內街深藏着許多富人大宅。每次去看大舅公時我都在想，假如能夠「一家一伙」地生活，爸爸和我就已經很滿足了，住進豪華寬大的房子，從來不是我的夢。我的夢落在一張稿紙小小的綠格子上。

回到太子道，我的感覺好多了。這地方有一種豐潤的花香，隱隱約約，從花墟滲透南來。是玫瑰還是茉莉？我總分不清那是王侯宅第的高韻，還是農家田野的民歌。那知而不見的花的天堂，神秘而美麗，既近且遠地呼應我對太子道的感覺。

花墟「對岸」，是拔萃男書院一百多萬平方呎的英式校園。沒多少人知道太子道上有這麼一個小小的閘

口，內裏陡峭地掛着叫人喘氣的二百多級石梯。與伊中分享着中九龍的同一座小山，拔萃對窮家孩子來說是隱秘的仙界，上面有叢林、泳池、宿舍、古老樣子的教職員住宅和綠草如茵的田徑場。有時我們上去看球賽，好像去了英國。

在沒有帝京酒店之前，拔萃和伊中之間其實只有一叢一叢的亞熱帶植物。從伊中大草地直往山上走，一定走得進拔萃，我相信中間沒有欄柵之類的清晰界線。可是，我記憶中沒有人走過這條路。當年我們打球，山頂會傳來玩鬧友善的喝彩聲，那是爬到校園邊緣的拔萃男孩在「睇女仔」以消磨時日。不過，這邊廂，打球的人還是很認真地打，汗水都掉到曬得發燙的水泥地上，鋪成許多看不見的小印。雖然雞犬相聞，拔萃和伊中卻是兩個分明的世界。拔萃的男生是用私家車從亞皆老街送上去的，伊中的孩子卻來自四面八方，用腿走路。拔萃的孩子畢業都到外國升學，伊中的少年呢？要麼拿獎學金進麻省理工或哈佛，要麼只好向政府借錢進港大，工作後慢慢攤還。他們長大後樣子沒怎麼改變，很奇怪，就像剛進伊中時的模樣。那時都只是一幫十二三歲的傻小子，許多住在新界北部，每天黎明乘着斑駁綠皮的古老火車嗚嗚而來，一身曬成亮亮的

紅銅，髮型老套得叫人發笑，笑容憨憨的顯得校服特別地白。流行小說揶揄打扮跟不上潮流的男孩子，管叫官校男生。不錯，我的男同學全都是官校男生，我的丈夫和兩個兒子也是。我最喜歡官校男生。

伊中是窮孩子的學校，但四十八年來她卻是太子道最突出的標識。歲月遷移，當日的窮孩子都長大了，她和他們，卻仍堅持着一種自省的、自選的貧窮。聽說今天的伊中學生，也有家裏是拿綜援度日的，但他們決定要活得快快樂樂，而伊中也決定要把快樂送給他們。我印象最深的學校活動之一，是念高班時領着低年級同學跑步上嘉道理山。路陡人虧，我差點氣絕身亡；但第一次走上這一段路的我仍止不住驚訝：太子道南岸不過一個小巷模樣的地方，竟還藏着全九龍最富有的人呢！我很辛苦地越過了最高點，腳步變得輕快，最後回到洗衣街去。看到小小的店鋪裏人影晃動，人人辛勤工作，我的快樂又完整了。

那是我最後一年在太子道上學。走着走着，少年的路也成為過去了。眼前的模糊和其中的不安已漸次消退。我很高興告訴你，這條路有一個非常貼切的好名字，我的母校也一樣。

西邊街

我不再感到這陽光，這氛圍，這相望的距離
我已打開那道門，向妳的世界走去

——白萩

(一)

我們搬到西邊街的時候，瀚兒剛滿周歲，小雋雋還得多待一個月才「面世」。老人家都說懷孕期中是不該搬家的，怕動了胎氣。我們卻是迫不及待想回去，回到書生意氣的西營盤，靠近回憶、靠近往昔仙凡皆半的歲月。

沒多久，我已半跪在床上，緩緩把茶色的窗頁推向西邊街溫煦的日頭。「以後，」振榮淡淡地說：「我們的收入，半數得用在這房子上。」他雖微笑着，我仍感到他說話時那落在心頭的重壓。我回過頭去，正巧看見他的目光，落在對街的黑瓦頂上。自己快是兩個孩子的媽媽了，如今已經手忙腳亂地追着瀚兒灌湯餵飯，一個月後，多加一個哭叫不停的小雋雋，我想自己總有好一段時間不能工作了，只靠一份薪金⋯⋯

「不用擔心，省着用一定能應付過去！」忽然我聽見自己平靜地說。他不答話，低頭向睡得深熟的瀚兒吻下去。年輕爸爸都愛親孩子，這景象我怎不愛看呢？尤其那人是他。新換上的棉質床布上，午後的陽光浮游在淡黃淺米的交替方格中，把瀚瀚的臉照得透紅，振榮的頭髮混進他的短髮中。一種情感的波浪正輕輕湧上我心頭的長灘。自此，我們一家的歡喜與擔憂，就如南牆下的碎草古松，深深淺淺地在這小街上扎根生長。

這小街再簡單不過了，斜斜倚山而睡，早上一伸腰就長了一截，想是夜露清涼，星光滋潤，街上車子未多、一氣貫通的緣故。孩子們上幼兒園，爸爸們上班，小狗兒對準燈柱子撒尿。走到街上，往下還是往上呢？往下是生氣盎然的煙火人家，街坊在晾衣澆花，提籃買菜；幾輛神氣的嬰兒車，載住些胖得不能再胖的小娃兒……往上仍舊是書生的天界，雖然再沒有苦讀的清寒或吟誦的沉鬱，都只餘些十九歲少年無聲的球鞋貓步，輕得像風一樣，去去來來都夾着笑語和飛髮，但那譽宮氣派，仍自大學道頂端的柏立基書院，越過藍瓦湧動明原堂的褐磚石凳，掠過六層巍立的玻璃圖書館、紅石梯，沿着那矗向天藍的中央大樓滾滾而下……每

次出門站在西邊街寬寬的行人道上，我總不禁回望，
來處風急，我不再屬於港大湛藍的泳池水與同心的紅跑
道，今天已是兩個孩子的母親，自然是往下投入人群，
安排三餐、暖衣淨枕。縱然依依告別我唯一的少女時
代，你若要我回頭，我更不能割捨的是一個小孩一面學
步一面喚着媽媽的神態。

西邊街嘛，就從我略略猶豫的腳步開始，一直滾
瀉到海邊。是那種通透的感覺嗎？自街口往下望，這
街是長長的一條薄巾，微起微伏地展卷而下，最後飄入
了維多利亞港的偏西水域。那海，淡淡的鮮有激濤，
卻滿是翻飛的閃閃碎光，如星陣，如鱗布，上面飄着三
數艘船。船不見在動，但當你回頭再看，卻又已是另
一個佈局，另一種漂泊，另一類風景了。我常記不牢
它們的方向。留在感覺裏的，就只有霞暈一樣、明明
存在卻又說不出來的氣息。有時看久了，還會發現幾
片閃亮的鷗翅，逡巡於海色的浮動中……

（二）

在輕淺的藍灰裏，英皇書院堅實撲眼的紅磚和
黑瓦，真是奪目極了。然而那種惹眼的力量卻是深沉
的，又何止絢麗？方正的磚紋，一彎一角，屬於這一片

磚，也屬於那一片磚；屬於過往，也屬於今天。門是
有深度的，拱頂內側推開一瓣，裏面還有深深的長廊，
廊側又如枝上的葉梗，一扉向着一扉地排列着許多出入
口。有時我抱着雋雋走過，指指點點，她愛看的是小
池塘裏若有若無的魚兒，我好奇的，卻是那被關在紅磚
裏面的「從前」⋯⋯

　　憑窗外望，是那深褐近黑的瓦頂，傾斜面剛巧向
着我們睡房的四頁窗，日日夜夜把街上的氣候反射進
來，柔和地照亮簾後幾片米白的牆壁，使它們煥發成變
化，閃爍出神態與光影。瀚兒最愛站在床上，他為外
面的世界傾倒，常做出一副正在思想的神態，不時卻大
叫起來：「雷雷啊！雷雷車車啊！」起初我不懂得甚麼
是雷雷車車，後來才曉得所謂雷雷，是指那些大貨車攀
斜坡時的低喘聲。它們在只許上行的西邊街攀爬，不
斷冒汗噴煙，身軀笨重如牛，不時換速透氣，果然是吟
雷一樣。我曾對這聲音感到煩厭，但自從瀚兒用興奮
的心去迎接它，一次又一次地等待它，我倒也逐漸學會
了喜愛這些用功上進的重型機器了。看着那些橙紅葉
綠的大甲蟲吃力地往上爬，背上負着那欖形的水泥混凝
器，邊走邊攪拌着，心裏頓時憐愛交加，反感覺快活的
小兒子心如鐵石了。我跪在床上，和瀚兒高低相若，

才知道他能看到的到底不多，只是半猜半懂地，摸索街上發生的事。然而，當那雙鴿子降落到英皇書院的屋頂上，他卻看得清清楚楚。其中一隻連躍了幾個碎步，趕上牠的心上人，親熱地碰碰挨挨的當兒，他總會打自心底裏甜笑出來，高興地說：「媽媽，雀雀！媽媽來看雀雀！」

鳥兒確是常常飛來的。夏天的黎明，五點就到了，牠們的鳴叫必也十分準時，啾啾地唱着歌，聲音好像都落到我們米黃色的簾子上。閉着眼，老覺得那些小麻雀就依在床邊躍步。我喜愛此時那種似醒非醒的感覺。也許我並未完全自昨夜的疲累中恢復，但我知道簇新的一天已經來了，而那到臨，竟像是無比新鮮的、前所未有的一件事，惹得一切小鳥都用又尖又巧的小嘴驚詫地叫喚起來。這時候，如果我沒再重新入睡，也必然聽見街上的木頭車轆轆地響，偶爾還帶有推車人朗聲的談話。三數句，夾在木響鳥鳴和腳步聲中，真讓人感到美滿⋯⋯這些聲音，我只在很小的時候聽過，那時我們住在廣州一條青石鋪成的內街裏，天還未亮，就有人在井邊打水，一面款款笑談，不時水聲暗和，忽然會有一兩下腳踏車的鈴聲蹦跳到我們坦向夜霧的陽台上來⋯⋯

　　當一家人都起床了，孩子們換上了乾爽的尿布，我再次向滿滿澄光推出半掩的窗扉。記得搬來不久的星期天，我們才收拾床鋪，一個線長遒韌的聲音就像飄帶一樣，自屋外向我們浮泛而來——磨鉸剪——鏟——刀——

　　瀚兒自玩具堆中猛地回過頭來。那時他才滿歲不久，未會說整句的話，但那歌謠一般的鄉音，竟也能深深地打動他。他往床上爬，找來睡枕墊着腳，把小鼻子拚命推到窗欄外，決心尋根究柢。我隨他往外望，甚麼都沒找到，只見英皇書院古舊而神氣的容貌，在旭陽中發亮。「真難得，」振榮説：「現在還有人做這一行嗎？」我想了想，回問道：「我們的剪子不是都鈍了麼？」振榮笑了，搖頭説：「我們下去看看好了，少用剪子做藉口。」於是一家四口便走到街上去。然而我們踱了好半天，也還是與那打磨刀剪的老人家緣慳一面。可三數天後，瀚兒已學會了那句謀生的話，惟説來糾纏不清，嘰哩咕嚕的，只有末尾一個「刀」字才唸得比較清楚。不過那腔調語氣，倒是十足十的相仿。一老一小，自此相和於一首溫暖的童謠，哪怕見面不相識，心底卻早已熟稔。

（三）

　　然而懸浮在西邊街上空的，又何止這柔淡的短歌
呢。少年時總嚮往外國小鎮上那許多尖頂的小教堂，
更嚮往裏面幽靜清靈的誦唱，沒想到這兒也有。每小
時一次，禮賢會教堂的鳴鐘會鏗鏗打響，低盪而來，重
霧一樣凝游在地面上，輕輕綑住附近一帶的房子。無
論街上多麼吵雜，這深沉平和的鳴響，這金屬的長顫總
能到達你的耳朵、到達你的心靈，使你在忙碌中一下子
就清醒過來。到了星期天，那鐘聲卻又變了，變得欣
悦騰躍，錯落有致，猶如一群少女在搶着説話輕笑。
早上十時許吧，步往聚會的信眾走在老榕樹的影子下，
一片悠閒平靜。那鳴鐘如歌如澗，綿綿不絕地濯洗而
下，沿着傾斜的西邊街，迎着信徒的腳步，把崇敬拜望
的謙卑之情緩緩引進我凡俗的內心……

　　聽鐘真是一件美事，但如果鐘聲裏，更有一片薄
月，澄亮地彎在酒藍的天際，那就更美得無匹了。那
個晚上，我坐在地上接聽舊友的電話，因為熄了燈，屋
子裏有種涼涼的安恬。此時一鈎下弦月漸漸自夜色中
浮現。仍未深濃的藍色，透徹如水幕。正自入神，小
教堂又傳來了鳴鐘。我悠然掛上了電話，只見窗花上

懸不甚穩當的小白弓，似乎正偷偷隨着那鎗鎗的清響舞動起來⋯⋯

（四）

　　仙界不高，凡間更接近。西邊街上四溢泥土的氣味，隅隅處處皆是煙火人間。一出門往海邊走去，右邊就是那編賣藤器的小攤子，一半埋於後巷，另一半卻迎向雨露陰陽。那整天都在工作的老人，在各種藤器之間坐着，從不說話，身邊一隻貓也不見得怎麼多言。每當我不覺放緩了腳步，偷看那些款式古老的椅桌與架子和方正不阿的藤書包，心裏就湧起一些回憶。啊，是那碎花的階磚地嗎，是那陽台和外曲的石欄杆嗎，是童年嗎⋯⋯

　　怎不是童年呢，西邊街縱然已風塵遍地，卻仍是童心正旺的一道長廊，一點曲折都沒有，就把人引入了回憶。往下再數步，你看！一缸一缸的澄水裏，正是白萩筆下那「因於冰冷的水的現實」，那一團一團的「火的理想」！

　　「魚魚啊！」瀚兒興奮大叫，小金魚游得更俏了。

　　「依倚啊！」小雋雋學着大嚷，探前了半個身子，考驗我的腰力，振榮一手按住大兒子，另一隻手忙着伸

來護住小女兒。

賣魚伯伯向孩子笑了，馬上向攤頂一指，道：「叫媽媽買個『叮噹』啊！」

小娃們馬上仰起頭，留下金紅的魚兒在困囿中繼續游泳。牠們一生中游了多少里？誰去算呢，反正牠們一天仍活躍，西邊街就有了生氣。我看看孩子們的手在空中晃動，深覺生存不但是一種活動，更是許多的嚮往與追求。小魚兒撲向紅蟲的時候我如是想，孩子仰頭向攤子的玩具伸手時我如是想。

好不容易才離開了賣魚也賣玩具的小攤子，瀚兒忽然大叫：「呀，去呀，隆隆車呀！」

振榮和我都曉得「隆隆車」是地鐵的代稱，但西邊街哪來的地鐵呢？混亂中隨他的手指望去——天呀，這傻孩子，竟指着一個地下公廁的入口！

我們笑得人仰馬翻，他卻非常認真，小妹也來附和，結果因為我們沒走進公廁，她差點哭了起來。幸而我們及時來到那路邊的小理髮站。

「別哭了，看！」瀚兒邊掉淚邊扭頭回望，道旁一列鏡子正反映着我們一家人滑稽狼狽的模樣，前面一個男童，肩上披了的確涼布，正襟危坐，眼睛透過鏡子，骨碌碌地瞪着我們。瀚瀚不哭了，他最怕理髮呢。拿

着剪子的伯伯回頭一笑，他就更加噤若寒蟬，伏倒在爸爸肩上……

好艱難才走到修補皮鞋的攤子。我向那精神矍鑠的老人家形容自己早兩天拿來修補的涼鞋。他抬頭稍微看看我，半轉身就把我要的東西找來了。付了錢，我們正要離去，他忽然說：「要是還有甚麼不舒服的地方，儘管再來，不收費。」

我「哦」地應着，不很相信那洪亮扎實的聲音屬於這位瘦小的老人，正呆住，他忽然自小竹凳站起，順手就把它舉得高高的，又道：「看見嗎？它也許比你還要大！我在這裏坐了好長一段日子了，街坊們來了，只消看看我的小凳子，不用看招牌。」

那小竹凳原是淡黃的竹莖做的，過了這許多年，人氣旺着，早被磨得光亮生輝，黃褐交融，十分好看。我們忙應說是，請他繼續就坐，才恭謹地離去。

回家不久孩子睡去了，我這才有空把腳套在修好的鞋子裏，真好，堅固如新，卻又柔軟溫馨，分明是故舊的舒適。我走了幾步，說好極了。振榮回道：「怎不再買一雙呢？」我沒答，只搖搖頭，他又說：「老捨不得舊東西。」我說：「我是一流好妻子，替你省錢。」他哈哈笑了，分明滿足得緊，卻習慣地要挖苦我：「感性

的人哪能成大事！」接着走進了廚房，把自正街市場買來的東西放在水盆邊。我看着那鮮紅欲滴的番茄，嫩黃的玉米，線條柔和卻並不呆滯的雞蛋，青綠的菜心，忽然心生一計，狡猾地說：「我成不了大事，你來燒飯好了！」

此時，街上的燈都亮了，浮上來的盡是歸人匆促的腳步。忽然我擁着他，心裏暖得發燙。我們已不必再趕路了，西邊街靠東的小樓上，不就是我們的家麼……。

彩店

　　春天還沒走遠，母親就把一家老小的冬衣都捧
了出來，攤在陽台上曬。這樣一攤又是一年，我們竟
在這短短的橫街上足足攤上二十多年了。每天進進出
出，這舊樓的木梯——已經被鞋底磨出亮光來，那吱吱
的叫聲也就變得更理直氣壯。街上許多鋪子，換了一
回又一回，以前賣芽菜和豆腐的，今天成了快餐店，那
專門賣米的，早換了一所小規模的超級市場。街口那
祥生大押也算是夠頑強的了，守上有數十載，總以為可
以撐下去，誰料一夜之間就變了電子遊戲機中心，呼必
呼必地引來一大群孩子。午後，陽光朗朗地敲進小街
來，把那些絢麗繽紛的新款自行車照得耀眼，在它們蹦
跳的鈴響中，孩子們好像長高長得格外快……

　　一切都變了，就只有這一爿賣紮作的店子，仍執
持着舊日的一些甚麼似的，擠在中間，每天打着那些大
紅大綠的旗幟，似乎還沒有撤退的意思。

　　從前面看，這店子老擺着個擠擁忙碌的派頭，高低橫豎地掛滿了七彩繽紛的紙紮。一根柔軟的竹篾，幾塊薄得透光的彩紙，就糊成了各種離奇古怪的東西，有時像一盞燈，有時像一串黏黏連連的圓盒子，有時竟是一套咸豐款式的衣服，還有許許多多說不出名堂的玩意兒。這些紙造的，有個共通點，就是都那麼輕飄飄的，徐徐擺動，發出一種歎息般輕柔的嗤嗤沙沙，一派隨時乘風歸去的模樣，讓人覺得這種熱鬧終究是短暫的、單薄的。凡是凄風苦雨的夜晚，我就會閉眼想像，那些終日插在店門旁邊的五色小風車耐不住子夜的寒涼，蒲公英似的飄到我們的陽台上來尋求溫暖……

　　每逢清明盂蘭，或是祖母的忌辰之類，母親就會差我到小店兒去，買些香燭衣紙回來。初時我拿着這些金邊銀角、姹紫凝碧的小方紙，還覺得蠻好玩的，老偷起幾塊來剪剪貼貼，摺鳥做船。日子久了，知道這是燒給死人的，竟漸漸心空起來，放着不理了。晚上，母親拿了滿盤子的金銀元寶，恭恭謹謹地往街上走，點起一盆澄黃的光，把這些燦爛絢美的紙張統統燒掉。我站在她身後，看火舌兒飢餓地顛撲，像一綑金燦燦的蛇群在那裏掙扎打纏，一下子化去那摺疊了好半天的元寶衣裳，心裏就有一種奇怪的空靜。那時我

想，那過去了的人若真個有知，當無怪我們奉獻的不外一塊薄紙，只消知道母親如何放下整天工夫，摺摺捏捏的坐上三兩個時辰，就該打從心底裏感動，庇祐我們一家子。

儀式過後的早晨，一定有風，捲起街角團團簇簇的灰燼，和幾片錯時的黃葉。光天化日之下，這低迴的舞姿讓人感到那幽冥的國度並不那麼僻遙。我試着拾起一張燒餘的衣紙，焦去的一半立即風化，黑色的粉末驟入空無、不復能見，依然鮮艷的另一邊，卻仍扎扎實實的在我指縫間抖動飛揚……

我抬頭望望那小店，不期然產生一種莫名的敬畏。它高懸着的紮作即使仍在風中飄飆不定，已經不如往昔那樣無根欠據了，而這裏面經年躲在櫃枱後面的店主人，也忽然變得智慧起來。轉念之間，我竟對他產生了濃厚的興趣，很希望知道這樣的一個人，究竟如何同時是我等族類、薄利謀生，又與鬼神打點衣食、交友往來。可是任憑我伸長了脖子，仍只看到那麼一點點：他穿着深色的唐裝，頭髮灰白，手指和骷髏一樣瘦，就只多了十個拱型的指甲，顫巍巍地鉗起一紮香，遞將過來。至於他的樣貌，唉，這裏面的燈光也實在太暗了，雖然滿鋪子都是彩木鑲成的小圓鏡，和長長短

短的赤帶紅綢，說是能驅昏逐晦的，仍教人感到沉沉漠漠，愈往裏看愈是茫然，像有一個隧道的口子在那裏張着，永無止境地通向一個不為人知的地方⋯⋯

但無論如何，這多色的店子仍有它歡愉和煦的時候。中秋一到，飽滿渾圓的彩燈就一盞一盞地升起來，向每個過路的孩子招手。這些花燈的模樣，真是千變萬化，年年給人意外的驚喜。早些時我們看見的，不外都是些金魚楊桃，鮮紅嫩綠地擠在那裏，神態樣子直是真的一般，只都那末肥肥胖胖的，圓潤中帶幾分旺盛的笑意。那時我們買不起這些，只有仰頭羨慕的份兒，站在那裏，用眼睛分享這高懸的人間歡樂，臨行揀個風琴式的小筒燈，便算是美滿的一秋了。不意到了近幾年，孩子們跑來指指點點的，卻是那翹首作勢的火箭燈，和那盞躍躍欲飛的太空穿梭機。想不到這小店子也還是緊緊隨着潮流走的。我正納悶這些繁複的製作是否也有虛空的心懷容納一燭半火，卻聽到那孩子對身邊的同伴說，只須有一枚小小的筆芯電，這燈就能照亮到天明。

中秋去後，花燈突然消失了，這小店竟又像個虛偽陪笑的花臉，一轉身就是原本的深沉。看得多了，平日花花綠綠的門面，終究掩飾不住那骨子裏的冷淡。

有時我倚在陽台好半天，也看不到一個顧客打那兒進出，好生奇怪，心想大概真有鬼神在背後贊助撐腰，這鋪子才不至於改頭換面，變成一所時裝店⋯⋯

日子便這樣平平穩穩的溜走了，這小店固執地夾在漢堡包和可樂罐中間，擺出它那人不犯我、我不犯人的和平模樣。直至那天，我才發現它竟然霸道得教人心悸。那時重陽剛過，氣候恍恍惚惚的難以捉摸，曬着太陽還有些熱，走到陰處就覺着幾分輕寒了。我蹦跳着正要去買粥點作早餐，才到小店，就幾乎與一堆攔路的紙作撞個滿懷。我驀地收起腳步，一顆心忐忐忑忑跳起來。眼前是一所紙糊的三層大宅，廳廳房房加起來有十數個，個個擺設齊全，一派從容優裕，哪來我們習慣了的凌亂擠迫？大門上一塊橫匾，寫着「榮華富貴」幾個大字。我呆住了，這是個多麼坦率的夢啊。喏，這裏面還有雜物被鋪，各自放在適當的地方。

大廳中間的方桌上，還恭恭敬敬地端立着一副麻將牌子，似乎正在等候一個熱鬧的聚會。靠牆的那邊，小几上的電視機早已扭開了，一張似在唱歌的臉正向廳中的寧冥凝固着。看來這腳底下的世界，並不比我們的有趣，要不然也毋須把這林林總總的人間娛樂也一同帶進去了。我覺得好笑，竟真的站在那裏笑了起

來。就在這時候，那瘦瘦的店主人忽然走了出來，手中握住一個漬染的瓷杯子，向路上一潑，把泡過的茶葉撒了一地。我抬頭，就見他正幽幽的看着我，像怪我在不該笑的時候笑。我感到一種深寒，自足踝迅速地升起。一回頭，赫然是一輛墨黑色的小轎車，正蓄勢欲來。我急忙躲閃，才曉得那也是紙糊的，卻脹蓬蓬地幾可亂真；裏面怔怔坐着一個制服井然的司機，雙手緊握着方向盤，專注的眼睛釘死在一個遙遠的點上，臉上一副矢志不移的淡靜。我順着那目光望去，只覺心中蕩然無着。一定神，眼前的風景依舊，一幢熟悉的樓宇，溫柔地接住我徬徨的視線——

我輕輕噓出一口氣。迎面這戰前的舊樓，已經很老了，牆灰剝落處，石榴綻笑似的爆出許多磚石的殷紅。一群鴿子盤旋練飛，那白色的牆壁就在牠們閃爍的翼影下反射着早晨金色的陽光。露台外面，一件件猶濕的衣服參差舞動。衣架後面那些泥盆子，溢着幾泓飽滿的青葱。滿屋子的人間煙火，正向着我款款游來。我快步掠過那沉悶得發慌的紙店兒，向車水馬龍的大街走去……。

高街

別向我兜售半山的身分，我們都是從海邊的泥地走上來的。

　　剛好夾在般含道的假中產與第三街的真基層中間，高街像一張既鈍且厚的劣刀，無論切甚麼都無法一刀兩斷，左拖泥、右帶水，刀的兩面鏽色掩映，含混着半山殘餘的零星貴氣和海旁冒起的點滴腥風。驟眼看，高街破破爛爛、灰褐土黃，參差唐樓苦撐着鐵皮信箱和新裝的對講機，與外漆剝落的闊身矮廈面面相覷。過多的汽車修理店佔去了幾乎全部的路邊車位，也催生了許多面貌相若的茶餐廳。大小招牌搖搖欲墜，品味相衝，裝修公司的材料店不時放出一兩個捧着防火膠板走過的壯漢，汗污的T恤在某個肩頭上承托着許多鮮美的人造色彩。高街是單程路，行車的路面很窄，被雜物堆得滿滿的人行路也容不下一兩個人。年輕爸爸推着嬰兒車踩着路邊的積水徐行，略胖的母親還拉着一個背心平頭的幼兒園生遠遠隨後。一家四口，肯定就住在高街上。若非街坊，沒有誰能在這種危險的處境中步步踏出罕有的安全感。

　　與高街平行的大街小路很多。多山的島上，每一條等高線都懂得自行遷就山的形勢，在某一種高度上連接起相若的社會階層。海旁的干諾道人少車多，運作效率極高。飛馳的車輛中，人的面貌受到速度與光線的重重保護，難得一見。聽説這兒唯一的茶樓生意也不好。往上走進德輔道，感官馬上給撬開了。先有鹹魚海味的香氣從四面擠抱，繼有電車的叮嚀前搖後晃，大路的古老風情落在簷柱的陳舊紅漆上、店鋪的昏黃光管上，又自中年近老的那伙計毛孔粗疏的紅臉上折射返回。再往上走，大道西的中醫西醫和牙醫機靈地散入各種小巧的店鋪食肆中，尋常怕死的平民百姓從西行的亡命小巴進進出出。再往上走就是濕濕的一街、二街和三街。雖然菜市場已經被安置到市政大樓裏，但菜販如幻似真地依然流連在買菜的主婦中間。偶然冒起的一兩個小攤子，也不見得怎麼害怕車輪和管理隊，攤主一面高聲招徠顧客，一面為隨時走鬼作好準備。偶爾經過的車子也會慢駛讓路，人車相安，大搖大擺地攪動着落後於此地至少二十年的空氣。

　　再上面就是高街了。街市的痕跡此間消退，代之而起的是古老的英式建築，它們零散地插入民居，如同洋人用廣州話在街市高聲講價。從最西的李陞政府小

學到最東的八號差館，高街都官氣十足，先有英皇百年不變地擁抱着書院舊稱的固執，繼有灰石紫窗的救恩教堂鳴鐘不輟的堅定，再有以「佐治五世」英皇命名的公園用開朗朝陽一路殺進古老鬼屋的強悍。在街上住久了，很少抬頭仰望這些早已經列入古跡的牢固樓房，反會俯首對付地上分佈均勻但難以躲閃的狗糞。其實這些建築物各有故事，雖已不被紀念，視覺上依舊動人。

這樣的一條街，看來沒有甚麼叫人羨慕的地方。住在般含道的人會認為高街的居民在社經地位上矮一大截。至少地產公司支持這種想法。般含道的樓價高得多了。高街人對此卻置之一笑。般含道上的樓房單位面積小、不實用，比起高街稍舊的大廈，真是「貴夾唔飽」。我自己則相信高街人富有得多。至少高街的時間比般含道上的更透明悠長。天色如靜水，余苑拆後高樓輪起，般含道的閒逸漸少，高街的舊情卻愈來愈多。

先說那全城最有氣質的灰石教堂吧。這樣的教堂在歐洲很常見，在香港卻只有一座。那是崇真會的百年客家教會，建成已經六七十載，坐在教堂內，可以看見四周都是淡紫色的半透光玻璃窗頁組成的圖案。那種玻璃的顏色，如同清晨帶露的背光牽牛花；聽說當年直接從瑞士運來，香港任何地方都看不到，美得教人心

悸。後來打破了幾片，牧師找了許多年都無法找到同色的，結果得全部換掉。幾年後我們再看見的，是一種較深的紫玻璃，雖然也不錯，但給人過分艷麗陰鬱的感覺，叫我難以釋懷。如今來聚會的信眾，全是講本地話的新一代了。記得牧師說過這樣一個古老故事。許多年前，教堂剛剛落成，信徒星期天都徒步走來聚會。某個下雨天，一位老人家手上挽着鞋子來了。牧師問她是否就這樣一直赤腳走過來。老人家說是。牧師問為何不穿上鞋子？鞋子不是用來穿的嗎？老人家說她捨不得穿。那為何要帶着來呢？牧師很不解。老人家恭敬地答道：因為不能不穿鞋子就來朝見上帝，一會洗過腳就會穿上的了。我們聽着這樣的往事，心頭生起一陣深刻而清涼的敬慕之情。教堂高高的拱頂吊下數丈高的米白色電風扇，扇頁就在星期日的早上這樣慢慢地轉動着，唱詩的聲音此時也必慢慢地注滿了高街。

　　從教會往東走，過了東邊街直角的交匯點，就是佐治五世公園了。公園依山而建，位於三街以南，高街以北，上對「鬼屋」的方柱花崗石圓拱門廊，下臨專門迎接嬰兒的贊育醫院。生死之間，不過三五球場和幾個滑梯鞦韆，不多時就都走完了。小孩子和母親在擁抱朗笑，老奶奶和阿公在晨運，菲傭和菲傭買菜歸來

都先在這兒碰碰頭。樹影下的光陰顯得格外短淺。教
會的歌聲愈飄愈遠，那種絲帶一樣的無私的祝福也愈見
細薄。公園西門外的一棵大樹，竟無可奈何地給人拿
來當上帝看待，被迫接受焦慮的坊眾種種奇怪的膜拜。
樹下擺放着許多香燭祭物和土地神明的靈位，街坊來
了，一頭就扎進拜物祈福的高熱中。《羅馬書》那段常
新的經文，精確地描述了二千年後遠東大城的這一個
小角落：「他們用必朽壞的人、飛禽、走獸和昆蟲的形
象，取代了永不朽壞的上帝的榮耀。」樹根深深探入地
下水桌，樹身張臂瞻仰高空的自由，創造的情懷見之於
生命的開展。但百年榕樹今天不幸纏上世人自我中心
的愚頑蒙昧，卻不能逃跑，於是整條街上最美麗的樹，
也同時成為此處最大的心囚。

　　過了公園和平平安安的八號差館，高街就只餘下
數幢五六層的舊樓了。這些房子，看起來像羅便臣道
未曾改建的樓房，給人的感覺很好。那裏面的主人好
像老在睡午覺。陽台上，白衣媽姐也許會搖搖手上的
新會葵，吟吟沉沉説起家鄉話來。屋子裏走出來的那
個眼神堅定的秀麗少婦，會不會就是從巴丙頓道遷來的
白流蘇？陽光正好。緩緩攀升的高街人煙漸少，充滿
故事的年代也逐漸模糊了。但車輪的吼叫卻在視線以

外逐步清晰。畢竟，高街極短，只夠得上一次認真的
散步。但是，此間人情斑駁，史趣鏗鏘，散步的人都
知道沿途不寂寞。忽然，街的終點到了，一欄之外，
般含道不覺已經滑入堅道長期堵塞的腸道中。高街尾
段，一輛私家車慢慢停下，預備進入半山上的都市之
咒。司機拉了手掣，扶着方向盤靜靜地等待着，收音
機低低鳴響。車廂中仍殘留着一路接來的上一個世紀
的午晝狗吠聲。

荔枝角公園

　　我是個懶人，只求方便，不多上山下海去尋找大自然，來來去去都只帶着手提電話「落街行公園」。漸漸，我開始熟悉公園的哪個角落種着哪一種花、哪一類樹。我知道那十多棵楓香分佈在哪兒，知道非洲楝的樹皮長甚麼模樣，知道黃槿的深褐，和他長着稜角的「枝」態，我知道紅花風鈴木比黃花風鈴木早一兩個月開花，然後在黃風鈴落下之後再開。

　　進公園前，大廈下面的花槽佈滿了桃紅色的月季。一次我看見一個菲傭姐姐在逐朵摘下，我阻止了她。她摘去泡茶？此地花很多，摘去幾朵沒有人發覺。她是識貨之人，但不該這樣做。我禮貌地請她離開。

　　公園大門兩旁的花泥上，種的是馬纓丹和近色的秋英。秋英又叫做波斯菊。秋英花大而馬纓丹花小，葉子卻剛好相反。園內的樹木，有春天開花的羊蹄

甲，夏天綻放的大花紫薇和清潔美麗的黃金雨。我還
看見血桐、非洲楝、白千層、台灣相思、黃竹、火焰樹
和九里香，以及許許多多大半年都不起眼的木棉。大
葉榕原來又稱黃葛樹，這是我原來不知道的。洋紫荊
長得特別高，生命力很強，給「山竹」折斷，又高速從
根部長起來，一叢一叢像小桌子，上面供奉着花。

　　杜鵑已經開了。粉紅，純白，橙黃；單瓣和重瓣
的都充滿喜樂。藍雪花脫穎而出，説不出的驕傲。大
麗花呢？明艷照人卻喜歡躲在葉子下。

　　公園裏有翠鳥、紅耳鵯、鴿子、小麻雀、紅嘴藍
鵲、黑領椋鳥和各種候鳥，當然還有雪白的和深灰色
的綠領鴿子。春天來時，有些鳥兒會在後腦長出求偶
的長羽毛，帥得很。最近，一隻翠鳥常來，拿着單反
機的兩個初中生，叫她做小翠。今天小翠沒來，小男
生失望地改去拍攝梅花。梅花小小的，也很受歡迎。
另一邊的吉野櫻，總叫人違反限聚令。紫紅色的逆光
三角梅也有畫家坐在那裏畫。嬰兒車，小孩的腳踏板
車，老人家的輪椅，全都在轉動它們的輪子，重重覆蓋
對方留下的軌跡。

　　我最愛看枯葉。枯葉很美。下午三點，聰明葉變
成半透明陽光夾子。我拍背光照片。這一刻，葉子像

黃綠色的燈籠，葉脈為飾，比甚麼都美。

有時春末夏初，工作人員或會拿出些繡球來擺放，她們未到四月就開花，由鮮嫩到衰殘，過程不斷，有些花瓣先枯，有些堅持艷麗。紫陽花瓣個別地美，也群體地美。五月落盡，我隔些天就給她們拍照。繡球的凋殘方式很具體，不要錯過。

公園裏另有公園，那就是著名的「嶺南之風」。那個園內院子，按中國南方庭院設計，一點不俗套——因為用的全是灰褐色木建築，雕樑素棟，細緻而精美，沒有俗氣的紅牆綠瓦，特別讓人發思古之幽情。翠鳥，也只在這有水池的地方停息。橘紅大地磚上是通透的木牆斜影，鴿子大咧咧地走過，有人餵食，不知人世艱難。院內栽有落羽松，冬春之際，他們像幾把火照亮平靜的湖水。

院內荷花不多，夏天開綻，一面開花一面枯黃，有立體感，不像佈景。水池四角因此都有參差的枯荷倒影。水塘中間的睡蓮到了冬日仍盛開，讓人忘記荷季的短促。分不清睡蓮和荷花的人其實不少。芭蕉舉起橙調粉紅色花朵，還有很多我叫不出名字的，使小小華南庭院成為古裝女子聚集拍照的地方。中國人古裝很多，但印尼人古裝更多，最多的是攝影師。偶有西

式穿戴的新娘子，即在冬日，也衣衫單薄，有時會披上伴郎的西裝。

　　整個荔枝角公園是很大的，它像一個曲尺，一邊長度大概六百米，共有十七萬平方公尺那麼大。來得多了，我連人也開始認得了。當中有長氣袋好搭訕阿叔（他們總藉故問我相機好用不好用，然後逼我去看他蘋果手機裏的花——不止一次，這樣的大叔也不止一個），有抱住英短小貓來散步的中年女士，還有許多剛剛學走路的幼童。當然有問我明天還來不來、要和我再詳談一小時的八歲小紳士。嫲嫲、爺爺、婆婆、公公、媽媽、爸爸、「姐姐」也到處都是。跑步的人從後面撞我，因為我要避開迎面而來的那個。

　　只有假期我是不來的，還是把公園留給來紮營睡覺的外傭吧。

牆窪

小商場總讓我想起洛陽伊水的龍門石窟：店子一個一個從平面陷進去，猶如挖掘而成，所以很淺、很小，彷彿一個「茶匙窪」給打橫豎立起來。有些較深的，是正式間隔出來的店鋪，但也不大，打着燈光，把涼茶的碗和玻璃蓋子照得亮晶晶，魚蛋燒賣和一點都不小的小丸子也油光閃閃。珍珠奶茶因為塑化劑事件結業了，粵曲唱碟進佔其位。幾家時裝店擺出很貴的貨，說是日本進口的，卻一直沒有生意，衣服變舊。估計店子是他們自己的，女老闆坐在那裏挫挫指甲似乎就撐下來了。

然而，店子和店子之間還有許多牆角和彎位，深不過一米，寬也只有三四米。這就好玩了。以前，這些小角落用來擺放節日的裝飾，例如聖誕時放兩頭紙造的小鹿（不是為聖誕老人拉車的那些大鼻子鹿），春節時放幾個恭喜發財的娃娃和大串爆竹、利是封。漸

漸，裝飾都撤退了，商場老闆竟然想到連這些小角落都分租出去。利之所在，年節算是甚麼。

有時我會懷疑：這樣的一個牆上小窪，也有人來租嗎？後來我吃驚地知道，那種地方，每天的租金一千至二千元。「生意難做⋯⋯」那賣毛巾的女子說：「然而還是能讓人吃飽飯的。」她每隔一兩個月就來了，一次租幾天，然後搬走。我喜歡她的淺色格子毛巾，那是一邊棉線、一邊棉布的手帕，這邊摸在手裏，非常舒服，嬰孩可以用；大人的皮膚粗了，另一邊也耐磨。

我好奇地問：「你不來這兒的時候，到哪裏去了？為何不長租此店？這裏的街坊很和氣的啊。」

她認真地回答：「到處走才有生意啊。而且，這些店子就只提供短租。我們有時在荃灣，有時在屯門。各區都去。固定一區，客源不變，生意就不夠了。」

我心裏想：老百姓真聰明啊。但為甚麼我們需要運用這種聰明呢？市民和水貨客吵架之前，這些店子已經存在了。他們甚麼都賣，大多賣平價貨，偶然也有上等貨色。眼鏡、襪子、玉石、牛骨、便服、床上用品、唱碟、毛衣、髮飾、碗碟、珠寶、廚房器具⋯⋯甚麼都有。附近的大店子呢，則早就變成了藥房、化妝品門市和金子店了，單調得可怕。最痛心的是我們

經常光顧的淡水魚攤變成了超大型的中西藥房，裏面盡是鮑參翅肚和堆疊起來的進口奶粉。可惜這位藥房老闆太不敏感，生意已經到了「水尾」，內地遊客都給香港人轟走了，而我們也只好到超級市場去買魚。魚小多了，那包裝紙和小薑塊又怎抵得上那片肥厚無骨的魚腩呢？魚攤子、藥房老闆和我們盡都輸了。

活在牆窪上的小店兒呢，則是堅強的攀援植物，到處可生根，亦能隨扎隨拔，不痛不癢，葉子茂盛非常。他們沒有招牌；或有，有也沒有誰會記得。買賣雙方，眼中都只有貨物。大街口有一小店，名叫「新豐號大閘蟹」，風起之時，店內除了幾個冰櫃，就只有一個看門口的男人。冰櫃裏的大閘蟹一隻一隻給綁住、凍住，整整齊齊，合臂保住他們或她們豐厚的膏油，奉獻給每個捨命陪君子的饞嘴路人。但季節一過，賣蟹人就帶着冰櫃消失，店子丟空，未幾就來了服裝個體戶；他們賣冬衣，但名號還是「新豐號大閘蟹」。

這些「小窪」基本上就是以前街頭擺賣的小販。街頭擺賣需要牌照，「小窪」卻不必領牌，只須交租。當中所有貨品都大字攤開，美醜妍媸，全部將貨就價，毫不掩飾；老伯伯窮師奶菲傭姐姐印傭妹妹均買得起，先生太太覺得好看的也會來湊熱鬧。看門的都是醒目

人，口才了得、能屈能伸，價錢便宜到你不敢開口講價，但價還是可以講的。貨物就如此光明磊落地放在凳子上、木板上甚至地上，大條道理說明中國製造。賣貨的人為自己尋生計，並不是打工的，因此都很戮力，只見他用手按住貼身的錢袋，你給甚麼紙幣都可以，他一手就摸出真偽，甚至還會冒犯法之險送你膠袋。

牆窪小店沒有門，自然也沒有冷氣。商場的空調卻還是夠涼快的，足以讓你駐足消遣。不過，滿載而歸的良好感覺一般只夠你享受幾分鐘，一程電梯搭完了，轉動鑰匙，回到家裏，那樣子的「斬獲」通常只會換來老公或老婆的埋怨，讚許是少有的，但這和貨物的優劣無關，畢竟家裏最昂貴的是空間。一個家就這樣因堆滿了便宜的雜貨而「老」起來了。

但便宜貨物還是一種需要，尤其當我們的城市之燈正漸漸熄滅，越來越多的市民給撥進退休一族，一模一樣的各大商場也必然日漸荒蕪。當一部分人只肯到巴黎和東京購物，另一部分就只能來到這上市公司不屑一顧的小商場來，與不肯花費宣傳的小牆窪打交道了。這是必然的發展。我深信，總有一天，這些刻在牆上的小歷史要變成古裝片的一部分。

　　黃昏，忽見牆窟變空，地上一個一個黑色的巨大垃圾袋從小商場的地磚平白長出，如同剛收成的新鮮冬菇。估計不久就有一輛小小的客貨車駛來，把人和貨物都接走，以幾十公里時速飛趕到另一區的另一個牆窟去重生。場景急促變化，使人對自己的記憶和感情充滿了疑惑。但這是不打緊的，生計才重要。我看着那空出來的角落，彷彿看到了大小燈火的明明滅滅，看到了香港的過去和將來賴以存活的大智慧。

後記：此文完成之後三四個月，最接近我家的牆窟忽然變成了水果攤。老闆說他暫時不會離開了。

元陽梯田

人間有沒有風景？

　　這一輯收錄的都是旅遊小品。兩位編輯老師說，這裏有比較多的遊記手法，例如寫〈鄱陽湖〉的細描，並沒有在〈秦俑的手勢〉中出現。〈秦俑的手勢〉也並沒有緊貼這些文物的身世和歷史，文字追蹤的是作者的聯想、遠思，目光集中在秦俑的手形成的小圈子上，代表「沒有了」。他原是拿着兵器的，到底這些兵器是腐化了還是給真的戰士拿去打仗了？總之最後他緊緊握住的，就只有「虛空的虛空」（《舊約聖經‧傳道書》1：2）。因此，看兵馬俑的時候，我的審美能力消退、哲學思考卻活躍了。

　　相反，〈印象中的三個湖〉，卻又回到了我收集色彩的習慣。第一個湖是極美的，第二個除了美，更有點神秘。但是，最著名的大明湖，卻邐暮地變成了液態的地攤。我對這三個湖的期待，都得到了驚心的回

應。頭兩個出人意表地讓人喜悅，第三個則令人歎息。我不願意一味地讚美，我想把自己的反應悉數表達，讓讀者知道我的真想法而不是某種典型的思考模式。

寫兩條河的時候，剛巧跑進我腦袋裏的正是他們的地理和歷史。地理使人敬畏，歷史給人智慧，都是真實風景的樑柱。其實，西江的美絕不遜於黑龍江或雅魯藏布，要寫的話，該有千萬言辭可用。只是當時腳步踏着的是沿河的棧道，我們呼朋喚友，喜樂非常，一息間，寧靜的西江成了喧嘩的地理回應，尤其和我一起走的人是地理系的。至於潮州，韓愈的身影實在太大，韓愈的博物館，韓江的命名，韓湘子的足跡，無不指向虛虛實實的好聽的故事。於是，年齡的刻度就深深落入韓江清澈的河水了，代替了傳說中的殺人鱷。韓愈還是我最喜歡的中唐詩人呢。

歷史地理固然可以進入遊記，文學藝術也不例外。鳳凰就有著名的沈從文和黃永玉。那麼，元陽梯田又有誰呢？有萬萬千千早出晚歸的農民，從唐代走到了今天，成就了一個一個貨櫃的糧食。但當遊人連沈從文和黃永玉都不認識，又豈會想起連名字都沒有留下的務農百姓呢？當然不會，但話得說回來，如果鳳凰

沒有如此著名的作家和畫家，就只剩下酒吧遍岸的沱江
了。元陽梯田呢？其廣袤壯麗本身就使人感動，感動
得使我妄想數算每一片小田曾經養活的人口。遊記，
可以承載文人精彩的一生，也可以表達平民百姓千秋萬
世的勤勞。遊記，不該只停留在景點的邊界內。

胡燕青

元陽梯田

　　我們來到元陽梯田的時候，天正在下雨。車子繞着山路往上爬，一路都只有十公尺的視野，地上濕漉漉的反照着模糊的天光。黃昏了，太陽快要下山了，拍日落照的龍友心態漸漸消淡了。我心裏的「放棄感」越來越強烈，不自覺就把相機收起來。觀光旅行就是這樣，每一天最大的願望就是回到酒店休息。而那些過軟的床、那些過高的座廁、那些硬得要命的被子，根本就比不上家裏的舒服。我取笑自己不住付錢買難受。但這種三月梅雨的翳悶，總會在某個時刻給生命的亮光一下子戳破——當天地之大美猛然在眼前開展，人就會蕭然起敬，發出不枉此生的驚歎。不斷地離開自己的高床軟枕去旅行，就是要尋找這一刻。

　　車子在老虎嘴景區停下，人人打開雨傘，保護照相機。我們走往面向梯田的觀景台，一塊田都看不見——何況梯田？只見到處煙雨濛濛，灰色大片大片吃掉

了近處的青綠。路上，穿着少數民族服裝的哈尼族少婦弄得一身濕透。她還帶着個同樣在淋雨的小女孩，想是她女兒，無法照顧。貨品用一片半透明的膠布保護着，一看就知道是遊人用力講價買下、回到家放一個月就扔掉的工廠劣質製品。因為天雨，貨品一直無人問津。還沒有看到美景，我的心就隱隱作痛。

我們就這樣站在欄杆旁邊，面向着一個很大很大的山谷，等雨水退去，等太陽在下山之前露一露臉。大半小時後，眼前忽然真的一亮——就在幾秒鐘之間，真的，只幾秒，天空出現了強大的水光，估計那是躲在雨雲背後的太陽忽然要破霧而出了。但是，太陽畢竟沒有完全露臉，只是那時雨雲高速地沉降，像一個女子在新房裏脫下婚紗，讓那一層白色降落到山腳那樣。從山谷的這邊看，對面驀地出現了一大片雲海。

我們都沒想到，到了翌日的下午，那片雲海才慢慢消退。日落的此刻，我們萬分驚奇地看到了遠處露出的梯田——很小很小的排列着的銀絲線，不規則地繞着一潭又一潭靜水，而這樣的靜水天光有萬萬千千。這時我才發現觀景台原來這麼高高在上，田裏的耕人小得幾乎難以看見。未幾，霧氣重臨，這一切又不見了。但那片梯田的龐大和遙遠，一直使我詫異不已。

　　第二天下午，我才終於清晰地看到了它們的面貌。那都是些水稻田，每一級都灌了水，等待耕人來插秧。於是，天色怎麼變，他們就像鏡子那樣同時幻變，每一片都閃閃發亮地反映着藍色、白色、綠色、金色甚至橘紅色的信息。每一片梯田，對耕作的人來說，都是很大的，要有收成，工作之多難以估計；但對從高處觀看的人來說，它們都很小，小得像孩子吃薯片時掉在地上的碎塊。那些幼幼的彎彎的線條，就是農人和牛馬日日行走的阡陌。高高的樹木也小得像貓狗的毛。梯田全部繞山而建，阡陌都是柔柔的弧，連接起來就是地理課時學到的等高線。那種細緻的闊窄、均勻但完全不單調的佈局，那種變化不停的多色幻彩，使人看着看着就感動了、糊塗了。我問自己，這是真的嗎？那些亮晶晶的山的鱗片，都是水稻田嗎？我們吃的米飯，都是從那些無定的天色裏一株一株地栽種出來的嗎？

　　如此大片的梯田，多少年月才能形成？一百一十三平方公里的元陽，比整個香港島大得多（港島大約八十平方公里），更比不少城市大。裏面的每一片田，都是人用手把山坡上的泥土挖走，一步一步地開墾，才變成今天的小片平地的。那是少數民族哈尼族人一千三百

年來依着山勢逐步雕刻出來的生計。一千三百年前，大概就是唐玄宗李隆基的時代。如果元陽梯田是一件無意中完成的藝術品，我覺得它們要比長城更偉大，因為長城已經沒有用了，只餘下折斷的殘軀，供遊客踩踏，但元陽梯田如今仍然年年出產千萬人賴以維生的食糧。單是元陽縣2015年梯田的紅米米產量就達到一千八百一十萬公斤。這片土地的雕刻家沒有藝術自覺的驕矜，他們千百年來只知汗流浹背地耕作，為了能夠吃飽的每一個黃昏，為了每一年都有足夠力氣從休息的秋冬回到勞苦的春夏。他們甚至不曉得自己會形成怎樣驚人的景觀。他們微小，卻不知不覺地創作了一項偉大的雕塑。生於山野的哈尼族同胞，可能連平地都沒見過多少，卻懂得平正之道——他們保留了山的傾斜，遷就了水的公允，學習了梯級的友善，克服了高度的刁難，和大自然達成了最美好的和約。中國人的道家價值和儒家美德，都在這大片山土上體現了。一千三百年後的今天，他們依舊每天收納不同的天色。沒有一個真正的農人會抬起頭來細看東邊觀景台上那些無聊的遊客，但觀景台上的我，卻總看得見單純的農民；一個又一個、一生又一生、一代又一代勤勞的農民。

威爾斯詩人托馬斯（R.S.Thomas）寫過一首詩，叫做〈農民打招呼〉（Peasant's Greeting)，那是使我震驚的作品。

> 無話；舉起的手申述了
> 沉默的舌頭和乾裂的唇
> 不曾說出的一切：
> 土地的忍耐和一棵樹
> 盤結的堅毅以及心裏
> 不知該咒詛還是祝福的疑惑
> 都打包在單單一個姿勢中。
> 嚴酷的大地往下拉的力度
> 把膝蓋粉碎，眼睛
> 飽飲冷漠，沒有微笑的能力。
> 生命苦澀的玩笑是空心的，他陰鬱地
> 滑入長形的墓穴，在那
> 不住向易碎的耳朵碎開的風中

作品提出的問題是一個農人的一生有何意義。第一次讀到，我為詩人向生命提問的高度所震懾。但看見元陽梯田之後再讀此詩，我讀到的卻是這片土地給詩人的答案。為了好好地生存，為所愛的人勞苦，為了

進入連自己都未必意識得到的歷史刻度，為了回應天空永不重複的朝陽和夕照。使徒保羅說，萬事都在互相效力。當我把米飯放進口裏的時候，它們的暖熱和純潔，就像上午七點給陽光打亮的白雲落入梯田的水平面一樣，使人打從心底裏感動。元陽，美麗的梯田。

鄱陽湖

鄱陽湖的寧靜是闊大而輕盈的。在這些全球人類都在旅遊的日子，鄱陽湖的清晨依然透明清淡，一道水平線，是天空與湖面之間一條若有若無的少女的頭髮，不用心是看不見的。

湖邊濕地，盡是一叢一叢的草，一大堆地青綠着，也一大堆地枯萎着，井然有序也任性放浪，形成非常美術的圖案。很多時濕地都給人髒亂的感覺，甚至堆滿了垃圾，就像我們大澳的濕地那樣。但鄱陽湖的濕地卻是純潔而和樂的，沒有過濃的色彩，沒有蒼白的虛隙，也沒有汽水瓶和煙蒂煙包，在內地人還未戒除到處抽煙噴煙亂拋垃圾等壞習慣的今天，想這一切都是清潔工人的功勞。濕地上枯萎斑黃的荷一支一支地架起充滿幾何趣味的倒影，某個角落中最後一朵水浮蓮堅持着不肯萎謝。倒影在水裏清晰如同在眼前，各種大小不同的浮萍點示着水面的存在。浮萍的隙縫中，天空

很藍的時候下面就變藍，天空變灰的時候下面就懷抱着那點僅餘的光，像忠誠的鏡子憐惜地懷抱着一個失戀女子的感情。

我們走在高架的木板路上；這兩米的提升使濕地與湖面可以在人的腳下連接。地上面的立體事物漸漸減少，水光粼粼，就是濕地漸漸消失之處，湖面開始了。這一邊還閃亮着不知名的美麗小野花，那邊就已是波平如鏡的水面了。兩米寬的木板路雖非建築在高空，卻有着棧道的懸空美感。我們一直走，一直走，用腳步勾勒着濕地的外緣，也不覺得累，到處只有祥和的感覺，叫人心曠神怡。可能因為季節關係，濕地上沒有甚麼候鳥，卻仍有一大群孔雀，穿插於人與人之間。那種不慌忙躲避也不刻意討好的神態，使他們看來不但雍容，而且很值得尊重。他們和我們一起橫過濕地間的小泥路和小木橋，走近來、走遠去，大有濕地主人的風度。他們隨便啄食，談情，搔癢，開屏，早把一切會動的東西當作友善的同類。雄性孔雀的藍色是彩亮的，這我們知道。但這裏的孔雀女孩也非常漂亮，點滴深淺的灰羽也透露着鮮明的藍調，讓我無法不拿起攝影機追着她們來拍照。

木板路由一片一片木板平行鋪成，踏上去有沉

鬱的響聲。鞋子和木的摩擦為走路加上一種自娛的節奏。我們由得孔雀帶着腳步離開濕地的這一邊。離開前，不忘為伸向湖中心的小亭子拍一張照片。它站在那裏，好像沒有甚麼作用，卻一直吸引住我們的眼睛。這就是風景。

　　走到瞭望塔下，木板路沒有了，我們卻在類似沙灘的濕地邊緣上遇到了一大群鴻雁。鴻雁即是野鴨，類屬大雁。這些小東西很有趣，他們會六個六個地組成小團隊，或以六的倍數組成大團隊。他們在濕地和湖水的交接處跟着一位老人家來來去去，因為老人的手推車上盡是鳥粟。他敲響手推車，雁群就跟着他急步而行，他奔跑，雁群就匆忙起飛，更剛好飛在我們視野裏那天水交界之處。鴻雁的顏色非常美，柔和地呼應着米白淺黃的鄱陽湖。他們長長的頸項至少有幾種顏色。頸的上半和下半都是暗橙色的，中間卻是完全的白，項背有全身最深色的一道褐色羽紋，從頭部一直延伸到背部，直伸至暗橙色的幼毛前面，戛然而止，整個圖案看起來像最流行的時裝設計，美不勝收。當上百的鴻雁一起行動，這幾個顏色就為鄱陽湖形成了一道手織布邊，這天然湖泊因此忽然變成了一張龐大的桌布。桌上漂浮着的船，大的像調羹小碟，小的像未及清理的

葵花瓜子殼，若不是那幾張暗黃色的半透明漁網從水平面細細架起，我們真的以為自己正站在一張超大的桌子旁，看桌布上的白色、黃色、灰藍色和微棕色交替或交疊地冒起成主調。

下午，我們坐上了小船，沿着內湖一直滑行到外湖邊沿。一離開小船，走到另一批木板道上來，人人都不禁驚呼。眼前是一望無際的綠色幼草，因枯乾而變成稍微乳白，於是磨合出一種帶灰的粉綠色來，遠看十分柔和，近看卻又分得清哪一條是綠色的，哪一條是白色的。它們不是豎起的，反而躺着，像在一個龐大無匹的晾曬場上平攤受光的乾草。最特別的是它們一撮一撮的像女子的曲髮，組織成浪的形態，原來它們本來長在水裏，冬天到了，湖面收縮了，它們給浪濤最後的律動固定下來，在沒有湖水的地方，繼續着湖水的顏色和動態。實在太動人了。我們從木板道爬落到草上。它們是乾爽的，一條一條，是可以撫摸的梵谷的筆觸，但大自然比梵谷更細緻、更細膩。攝影機的快門不停地響，點滴捕捉那片廣袤的顏色。很明顯，我們的視野都太小，而照相機的更窄。

「天晚了，船要開了。」領隊的一聲令下，鄱陽湖的風景很快就從這個小碼頭滑到那個小碼頭，大幅大

幅地消失了。時候一到，誰能扯得住一把湖水？如果船夫狠心把你留在風景的實體細節裏度過一夜，你就再無心欣賞、追念甚麼了。因此我們不捨卻快樂地離開，又感激地留下了一小串讚美的言語。我們曾到此一遊，雖然後會未必有期，但謝謝你，美麗的鄱陽湖。

記憶裏的兩條河

　　童年時，聽長輩談肇慶，我撿拾零碎，以為肇慶就只有七星岩一件東西。後來親訪，始知肇慶最叫人難忘的原不是翠湖與山石，也不是爸爸的同學、雕塑大師潘鶴的傑出作品，而是沿着西江伸展9.2公里的羚羊峽古棧道。原來用腳描出河道的鈍角，是大享受。

　　珠江是中國第三大江，分支有東江和西江。羚羊峽古道最早由西江的縴夫踩踏而成，每一步都是逆水「行」舟的血汗和呼喊。此道古連通兩廣，上世紀中已經荒廢了。修復後，幾年前重開，大受歡迎。沒有多少上落，幾乎是走平路，走來惠風和暢、天光溫柔，很舒服。

　　走此棧道，要麼往東，要麼朝西，開步前得選定在上午還是下午起行，否則逆光而行，會覺得刺眼。此路居高臨下，當發現西江江面寬敞而水質清澈，青山對出見流雲活潑，航運頻繁説江速合宜。夕陽稀薄，

江面一片金黃，暮色未至已先鍍上隱約的粉紅，有一種繁華而又高雅的氣質，江上每一艘小船都連接着大都會燈火的呼喚，和大自然的祝福。

珠江之能夠躋身中國三大江河之一，全因龐大的西江水域。西江是全國第二重要水道，僅次長江，此道平靜安穩、載舟有力。這美麗的水系源於雲南，古稱鬱水。「鬱鬱蒼蒼，若在雲中」，使人浮想聯翩。漢、魏、南北朝時期的鬱水包括現今廣西的右江、鬱江、得江及廣東的西江。水深鬱而不凝滯，立於古道之上，讀江如讀敍事的古詩，令人心曠神怡。

廣東省另一大河，不在粵西，而在粵東。那就是流經潮州的韓江。中唐時候，韓愈於此執政八個月，成績斐然，是以此水不再沿用員江、惡溪、鱷溪等舊名，改稱韓江。

話説韓愈很有原則。公元819年初，唐憲宗要將釋迦牟尼佛的佛骨迎入宮中供養三日。那時整個長安朝野都落在宗教狂熱之中。韓愈逆鱗表態，以〈諫迎佛骨表〉勸天子珍惜國家資材，指出古代高壽的君王均不信佛，信佛的反而國祚不長，更引例說明佛陀並不保護國家：「唯梁武帝在位四十八年，前後三度捨身施佛，宗廟之祭，不牲宰，晝日一食，止於菜果，其後

竟為侯景所兵逼，餓死台城，國亦尋滅。事佛求福，乃更得禍。由此觀之，佛不足信，亦可知矣。」憲宗看後怒道：「愈言我奉佛太過，猶可容；至謂東漢奉佛以後，天子咸夭促，言何乖剌邪？」於是他像小朋友在發脾氣，下令把韓愈處死。他陛下信佛，竟然這樣行事，看來沒甚麼慧根。韓愈朝中友好不顧危險，陳言力救，韓愈才撿回一命。雖能脫難，他卻給貶為潮州刺史，可謂險極。

韓愈到任見江邊鱷魚傷害人畜，於是寫了〈鱷魚文〉，命牠們「南徙於海」；其實此文根本沒有驅鱷功能，卻有效地指桑罵槐，喝令惡人收斂；估計因為這個新官如此誇張，眾人就加把勁捕殺鱷魚了，各種人間大鱷也害怕得暫時消失。

韓愈雖喜辯論，但豈有真和鱷魚「講數」之理？潮州人敬重他，不由於他懂得鱷魚話，乃因為他首先止住了鱷患，還興修水利、改良農耕，又立例讓奴隸存起工錢來贖身、還其自由（有點像《聖經》裏的律法）。他更把有學問的人請來當老師，興辦教育，使人民得到各種向上流動的機會，從此，潮州輸出的進士人數大增，羨煞旁「州」。潮州人從此再也忘不了韓愈——他們把眼前的江水稱為韓江，把對面的山頭叫做韓山，就連著名

的廣濟橋，也暱稱湘子橋——韓湘子是八仙之一，乃韓愈侄孫。

今日的韓江水質上乘，一看就感到其清潔，市區內也當然沒有鱷魚（若有，早已變成了貴價的包包）。沿江而行，視野開闊，散步者眾。江水微藍，色彩不張揚也不單調；這水，盈盈托起灰褐淺綠、亭台密集且大名鼎鼎的廣濟橋。

此橋乃江上瑰寶，始建於南宋（1171年），最初的觀念是「造舟為梁」，即先打二墩，然後把小船橫泊成路，讓人馬踏步通過。此後每一個世紀都經過修建改造，如今已有多個橋墩。有趣的是這些橋墩的建築年代、大小、高矮、形狀不一，其上還各有橋亭，因為建造時代和風格都不同，看起來錯落有致，具現代設計美。亭前均掛上名家的匾額楹聯，要全部讀通的話，一整天都過不了橋；光看書法，也可以看一星期。橋的中部尚有十八隻小船，以繩子聯繫起來，維持浮橋狀態，踏足其上，有浮動的趣味，也有安全的信心。這些小船每天會往兩邊分開一會，讓大船通過。這一開一合，揮灑靈動，好多人就伏在岸邊欄杆等着看它們操作——對着韓江，説説英俊的韓湘子，紀念一個好官。就這樣，廣濟橋暗暗指向韓江邊上的城樓，而那，正是紀念韓愈的小小博物館。

鳳凰古鎮

　　我們都這樣相信：華人一想到湘西、想到鳳凰，就必然想到沈從文，那位書寫七十公里外茶峒邊城故事的偉大小說家。其實，這信念只是一小撮喜歡文學的人自高身價的幻想。大多數香港來的遊客，連沈從文是誰都不知道。我踏足這個地方之際，也擺脫不了這種非主流的心態，一方面對那些號稱受過教育卻連沈先生都聞所未聞的遊人感到憤怒，一方面為自己這既無理、又無力的驕傲感到悲哀。沈從文所關懷的，一定不是我這一類複雜而自大的人。此刻的我，卻帶着這種幾乎使人打從心底顫抖的敬慕之情住到鳳凰古鎮附近一家現代化的酒店裏。我也不完全確定自己來尋找的是甚麼，只知道這是我必須來的地方。

　　上世紀有實力的中國小說家多不勝數，對我來說，魯迅的強而有力、銳利深刻和張愛玲的精敏細膩、穿透人心都使我不得不寫下「佩服」二字。我為他們筆

下的中國人痛心疾首，為他們書裏的人性咬牙切齒，他們是有智慧的。但我只會把「悲憫」這個境界極高的名詞獻給沈從文。我為他文字世界裏的人物流淚、傷心，想要去擁抱和安慰他們，與他們對着寧靜的江水並肩而坐。沈從文是湘西的標誌，也是中國大地的標誌。魯迅給人的感覺是政治的、時代的、風眼中的，張愛玲則屬於人類無法擺脫的陰暗面，就像她自己創造的屏風鳥那樣，「死也還死在屏風上」，她的鑰詞是蒼涼。諾貝爾獎沒有福氣頒獎給沈從文，損失的當然不是沈先生，而是那些只有能力靠着某些獎項為文學家定位的中國老百姓。

因此，來到了鳳凰古鎮和來到了上海不一樣。上海日夜在瘋狂運作，滾出二千萬的大人球，當中穿插着幾個喜歡張愛玲、同時像她一樣嘴巴筆桿皆不饒人的「有識之士」，也有一些把魯迅先生的頭像放在案頭、用他的鬍子來自勵自勉的「文學愛好者」。但湘西卻動用了一整個鳳凰來雕塑低調的沈從文。當然，到遊人真的來了，鎮政府也會同時使用這個「古」鎮喧囂吵鬧的大小酒吧來讓人忘記他。

夜裏走進鳳凰的市區，就像走進張藝謀設計的那些露天劇場一樣，人影飛揚、天水流光，每一個人都

在跳舞。色彩鮮艷的燈飾用光暈勾畫出每一間「古老屋子」的輪廓，那些都是民宿，門前寫着「上有床位」，晚上喝醉了的人因此必然有家可歸，甚至有美相陪。當年人人都說香港的夜景美不勝收，如今全球的大小城鄉都可以用便宜省電的LED燈變出更新鮮更奪目的發光彩圖來，香港一點都不特別了。也不必張導演或馮小剛來為你打燈，如今的手機美圖和自拍神器一下子就把你變成主角了。那兒每一幢本來樸素的房子，此刻通過金色的光效，就為你成就了最美麗的舞台背景。在穿過鳳凰古鎮的沱江兩岸，你會看見每個男孩子都有劉海哥的活潑，每個女孩子都有小白狐的風騷，一對一對的，要麼手拉住手走進酒吧重拍子的音樂裏，要麼一同在鏡頭下擺出勝利的手語。沈從文是誰？翠翠是誰？邊城在哪？誰知道、誰要知道！導遊們誦念了好多次才過得了關的考試資料，換來旅遊車隊上失去了項脊的頭顱和穩定得驚人的鼾聲。他們說，我們好容易才有幾天假期，不過來拍個照，你嘮叨個甚麼呢？

很難想像中國人是個怎樣的民族。他們吸煙，但都為了荷里活的阿凡達來到張家界一帶呼吸新鮮空氣。當莎翁的故居使英國人非常自豪的時候，湘西的美景和鳳凰古鎮也使我們深感驕傲，但沒有人知道自己正

為誰驕傲。英國人在斯特拉佛德的莎翁故居一演再演王子復仇的掙扎和將軍墮落的悲哀，世界各地的人都排隊去看，部分人還可以跟着演員把台詞唸出來（就好像我在港大時的老師Mrs Mary Visick）；我們的張家界也演出狐仙的愛情故事，卻是人人都必須掏腰包「被」去看的。雖然也頗為好看，畢竟，把文學搞成賺錢的商業，與利用商業技巧來保育文學，完全是兩回事。當然，我們已經不再活在誠實地面對獎項的時代了。假如博爾赫斯和沈從文都要因為壽數不夠而輸給鮑勃·狄倫，那麼作為一個得獎者及受害者，狄倫的尷尬與煩躁難道真的那麼難以理解嗎？不知為何，我總覺得他對大會的遲緩反應和表面的無禮，是因為他比那些出盡法寶追求名利的人更有良心。

但話說回來，當沈從文漸漸退出鳳凰古鎮的核心，變成一個旅遊藉口，他的好心腸依然繼續發揮着巨大的作用。鳳凰古鎮給活化起來了，老百姓可以在那兒賣薑糖、擺果攤和開畫展。古鎮燒了的部分，像剛剛瘉合的傷口，看得出來，卻不算惹眼。除了沈從文的故居，那兒還有熊希齡故居、東門城樓、楊家祠堂、虹橋藝術樓、萬壽宮、古城博物館、崇德堂，以及沱江的一小段江面可以參觀。可是，你不能妄想只買進入

沈從文故居的門票，門票是要求你一口氣做完這九種活動的。假如你只想逗留在沈從文故居細細地看，其他地方都不進門，你也得買全票。這到底是霸道還是聰明呢？中國是文明古國，這難以否定，但在此，文明不是大多數人想要的，大家要的是安居樂業，而那個「業」，不包括對文明的追求。香港人極力批判貧富懸殊的現象，這是對的，只是大家還沒意識到港人的貧富懸殊不獨出現在財富的距離上，更大的落差出現在文化認知的水平上——最悲慘的是，港人以為自己不吐痰、不插隊就是文明了，卻不知道有一些最不守規矩的中國人都深深認識沈從文。有當地人對我說：你們香港人素質高。我對他們說：某些方面的素質是高的——對法治的執着，開車時的禮貌，看世界看得多……但有一點讓我不寒而慄：我們很膚淺。

摩肩接踵地進入沈從文故居的時候，我身邊的一位香港人很誠懇、很謙卑地問我：「這個沈從文到底是誰？為甚麼這麼多人來看他的故居？」我回答說：他是上世紀最偉大的中國作家，諾貝爾獎因為少了他而給拉低了水平。那位朋友啊的一聲反應：原來是個拿筆的。從那一分鐘起，我的淚水就打從心底湧出來了。我看着從文先生年輕時和他妻子張兆和的照片，那副眼

鏡，那種斯文，那種腼腆的氣質，和兩米以外的那張支架着蚊帳的床，無緣無故哭得透不過氣來。人群擁擠着我，我不得不往前走，就連拿出一張紙巾來抹淚的機會都沒有，只好把頭上的毛線帽子往下拉，遮住了眼睛。淚水流在毛線上，藏不住，也吸收不了，濕濕冷冷的黏貼在臉上，讓我覺得很不舒服。

最後我去買他寫服裝史的書，因為他其他書我大致都有了；那地方卻沒有賣這個的。原來這段可悲的歷史，也不是政府願意記住的。一個天才橫溢而且深受愛戴的作家，不得不放棄創作去研究服裝史，非常悲哀地「被」學術了，如今這個小小的故居，卻不斷強調他的文學，利用他的文學成就去為一個商業旅遊點添上幾分「文化」味，能不叫人傷痛？然後，一些媒體就會報告一些數字，說從文先生的故居每年有多少萬人來參觀，這多少萬人又暗示着更大量的多少萬讀者……從文先生真的很寂寞啊。不幸中的大幸，是兆和女士的不離不棄，一生相伴，這一杯甜酒使從文先生醉了一生，更使他的清醒得到了某種程度的調節。

沱江和古鎮都很美，但除了從文先生和兆和女士形影相隨的腳蹤，就再沒有值得留在心上的事情了。不過，這只是我的偏愛和偏見罷了。這裏還有無數的

同胞，在此尋求每日的飲食，欠人的債和追討人的債，逃避兇惡也利用兇惡，活在自己的國度裏，走不出家門的需要，看不見上帝讓世界有文學家的理由。榮耀從未屬於從文先生，他一生所有，不過一個他心儀女孩子遞過來的那杯甜酒。榮耀也從未屬於老百姓，他們已經得到了自己的賞賜，那就是對生活和生計的注視。但願我和鳳凰古鎮的聯繫當中沒有驕傲，只有愛，像從文先生所描述的純真的老百姓一樣；雖然我們馬上就要天各一方，平行地在異地老去，我卻仍必因着沈從文這動人的名字，一生為這美麗的小鎮祝福。

印象中的三個湖

　　提起中國的湖泊，第一個跳進記憶的是羊卓雍
錯。光聽這藏名，強烈的語言陌生感即時讓我悠然神
往。「羊卓」，是「上部牧場」的意思；「雍」義為「碧
玉」；「錯」就是「湖」。對旅人來說，這充滿牧歌味道、
原始而單純的名字本身就是一種意外的收穫。漢族百
姓稱之為「羊湖」。沒想到親眼看見「羊湖」之時，她給
我的震動何止千萬倍。那時站在山頭上，看着斷崖下
這長形的湖，不知是碧藍還是粉綠，還是二者之間的幻
變糾纏，她的色調完全翻新了我對湖水的概念。四面
的山坡散發出偏向橙色的土黃，乾燥、簡單，卻艷光四
射。我站在山巔，只覺得千仞之下是一小片變調的晴
空。其實羊湖的湖面高達海拔 4,441 米，我們喘着氣站
在更高之處往下看，有分不清天地之感。

　　若是藏人，羊湖冠絕全國的顏色可以常常看到，
因為西藏天晴的時候多，日照長，雨也多在夜裏下。

相對而言，長白山的天池卻難得一見。光是名字，長白山就引得我動身北行。天池是山巔的湖，那是火山口積水而成的、全世界最深的高山湖，水深達384米，實在匪夷所思。長白山的冬日一山盡白，湖的面貌就模糊了，因此我們挑六月來訪。但到達了北坡那串登上觀景台的木梯級之下，還是沒辦法肯定天池會露臉。因為短短的一段登山路，長白山可以送你極大的太陽，炎如盛夏，氣溫高達攝氏二十幾度，讓登山的人滿頭大汗；也可以瞬間使你變成落湯雞，教你一身濕透；有時還會發大脾氣──擲下黃豆大的密集冰雹，不但打痛你的臉，東北的嚴冬更一時間籠罩而下，使人無處可逃，十指凍僵。我們有幸，在一小時之內三者都遇上了。再說，即使登上了觀景台，因為湖面常有雲霧，要遇上雲海不難，但要看得見湖水，機率可謂小之又小。不過，在那片白雲掩至之前，我們清晰地看見了天池，還看了幾分鐘之久！那是一種超凡的經歷，池環在幾百米之下捧出一片透露着柔光的紫藍色，如同寶石。火山口的懸崖峭壁是棕灰色的，寸草不生，冷峻而固執，全都以強者的姿態直接打從湖水直豎而起，與水面的柔和深邃形成強烈的對比。天池之美比羊湖內蘊，也比羊湖耐讀。我們站在高處，心裏充滿感恩；傳說江澤民

三次來長白山都沒看到。

　　國內第三個讓我難以忘懷的湖是大明湖。劉鶚筆下的大明湖，是他「忽聽得一聲漁唱」低頭發現的，當時他的感覺是驚艷：那湖「澄淨的同鏡子一般」，千佛山和樓台樹木，都「格外有了光彩」。然而，到我們親自坐到觀光船上，感覺卻完全不同。大明湖老了，少了青春氣息，可能湖底的青苔長得太茂盛，一湖的水都變成了深綠色的漿液，再沒有半點清澈。經過了百多年，濟南大了，明湖小了，她給一個公園密密地包圍着，遊人來來回回地繞着湖岸畫圈，湖邊有大媽在跳舞；「一城山色」中的山色漸少，「半城湖」也説錯了比例；大明湖從一篇優美的散文隨着歲月滑出，落入現代文明的強力擠壓中，給壓成一滴過濃的淚。

秦俑的手勢

　　我站在最大的墓坑前，看一片日色極其緩慢地抹過幾排秦俑的身體。他們的髮髻、前額、臉面和衣服，正給極淺的藍光細緻地撫摸着，他們的眼睛非常溫柔，目光超然物外，無生無死；遠方好像很遠，卻就掛在眼底。他們似乎並不知道自己兩千年前之所以受造，目的是保護那個保護不來的死人。他們手上的兵器早就化灰、丟落，手指卻仍曲起，形成一個又一個小圓圈，裏面是空的。那些都不像戰士的手，反像身負秘密任務的使者用相同的手勢傳遞着的神秘信號。

　　遊人說，怎麼會讓陽光射進來啊？那麼秦俑不是很容易給曬壞嗎？或許我也曾這樣想。但連死亡都無法威脅的秦俑，還害怕甚麼呢？正慢慢變成粉末的他還有甚麼可以失去呢？雖然那些巧手的藝術家曾經因為雕出了魚絲似的細髮而興奮，雖然那些講解員清亮的普

160

通話把我們對西安的敬意提升到高峰，可惜二千年的鴻溝擋住了及時的欣賞。到我們終於乘着飛機火車趕來了，藝術家已經聽不到大家的驚歎了。我們常說，藝術家總能靠他的藝術永恆地活着，好像這就是對他最大的敬意了。其實，大家只是在說，藝術家作品沒得到當代人的瞭解和賞識是正常的。

對始皇來說，秦俑的保護同樣來得太遲。到了陰間，原來還要打仗麼？我們取笑始皇的自我與愚昧，始皇卻譏諷我們毫無大志。君不見紥作店外，家人哭着給亡魂燃燒紙大屋、紙電腦、紙手機、紙麻將和紙菲傭？始皇好戰，於是有了戰士；今人好玩，於是有了玩具，好像秦俑和享樂都能解決懼怕的問題。說穿了，人類的恐懼也還不太複雜：有人怕輸、有人怕悶，人人都怕死，只此而已。

成語「始作俑者，其無後乎」（《孟子·梁惠王》說那是孔子說的）有兩種解釋。第一種是「開始做俑來殉葬的人會斷子絕孫」，意謂即使用那造成人樣子的「俑」來殉葬也是不仁的，連想一想都太殘忍了；另一種解釋則剛好相反，意思是開始想到用「俑」來代替殉葬的真人，實在太聰明了——在那種程度的文明裏，他還救了許多人的性命呢——這樣的好人，又怎會沒有後代

呢？兩種想法各有理據，我自己則偏好第一種。但這不是理性的學術傾向，而是因為我想到了耶穌的教導：人的惡念一動，就成了罪；幸好那還不是罪行。上帝審判人，以其罪行為據。但是我們必須對與生俱來的罪性有深刻的認識，才能靠着基督拒絕罪行的轄制。無論孔子孟子怎麼想，俑的存在確實指向人性中必然的罪性和對罪的自覺。

假如秦俑有知，聽着始皇肉體腐爛的微細聲音，聞着那種不散的惡臭，更感知人類一個一個落入或大或小的泥坑裏，他自己卻總不能死，也總不能真正地活，不曉得他會有甚麼感想。歲月悠悠、日出日落、物換星移，無論人生多麼短暫，用來標誌真生命的光影總是美不勝收的，看着就充滿敬畏。但秦俑站在無垠的大黑暗中，他的時間全無刻度；他的眼睛徒然張着，也徒然有着人類的樣子，無法讓愛美的同伴羨慕或嫉妒。頭頂上，人世的興衰重複又重複，最後總以錘子鑿子鏟子敲打大地的聲音作結。如果他真的有知，恐怕他只能如此經歷着被迫無知的地獄。幸好他並不真有洞見或感覺，他只是那短暫卻具備大智慧的藝術家留下來的暗號。陽光之下，失掉兵器、形成空空小圈兒的手似乎要告訴二千多年後略為長壽一點的人，有些東西無論

怎樣抓都抓不牢。至於那是甚麼，我們還是得好好思考、好好接收和好好保存，然後悉數轉達。

各篇出處

輯名	篇名	出處
一路走來	一路走來	《人・情・味》
	母親河	《面對面的離情》
	獎品	《彩店》
	不再少女	《彩店》
	白米隨想	《心頁開啟》
	入伍	《面對面的離情》
花布傳奇	花布傳奇*	《更暖的地方》
	雙層床	《心頁開啟》
	閒話針線	《蝦子香》
	蝦子香	《蝦子香》
	四個小朋友	《帳幕於人間》
	看着小貓老去	《面對面的離情》
太子道上	太子道上*	《更暖的地方》
	西邊街	《彩店》
	彩店	《彩店》
	高街*	《更暖的地方》
	荔枝角公園	《面對面的離情》
	牆窪	《長椅的兩頭》
元陽梯田	元陽梯田	《帳幕於人間》
	鄱陽湖	《帳幕於人間》
	記憶裏的兩條河	《面對面的離情》
	鳳凰古鎮	《帳幕於人間》
	印象中的三個湖	《面對面的離情》
	秦俑的手勢	《長椅的兩頭》